A ESTIRPE

A estirpe
Carla Maliandi

tradução de
Sérgio Karam

Copyright © Carla Maliandi 2021.
© Moinhos, 2023.

Edição Nathan Matos
Assistente Editorial Aline Teixeira
Revisão Aline Teixeira e Nathan Matos
Diagramação Luís Otávio Ferreira
Capa Sérgio Ricardo

Dados Internacionais de Catalogação na Publicação (CIP) de acordo com ISBD

M251e   Maliandi, Carla
A estirpe / Carla Maliandi ; traduzido por Sérgio Karam. – São Paulo : Moinhos, 2023.
128 p. ; 14cm x 21cm.
ISBN: 978-65-5681-139-0
1. Literatura argentina. 2. Romance. I. Karam, Sérgio. II. Título.

2023-1229   CDD 868.99323   CDU 821.134.2(82)-31

Elaborado por Odilio Hilario Moreira Junior - CRB-8/9949

Índice para catálogo sistemático:
1. Literatura argentina : Romance 868.99323
2. Literatura argentina : Romance 821.134.2(82)-31

Todos os direitos desta edição reservados à Editora Moinhos
www.editoramoinhos.com.br
contato@editoramoinhos.com.br
Facebook.com/EditoraMoinhos
Twitter.com/EditoraMoinhos
Instagram.com/EditoraMoinhos

Primeira Parte

9   O hospital
12 O apartamento da rua Bonifacio
15 O menino
16 As coisas que me importam
19 O vendedor da rua Brasil
22 Todos se movem
24 A praça
26 As palavras
28 A sesta
31 Os que vêm
33 O editor
35 O livro
40 A casa da praia
43 O bosque
45 As vizinhas da cabana
49 Hoje ou amanhã
52 Lá fora
56 Coisas que acontecem
58 Contusão

Segunda Parte

63 Relíquias familiares
67 Os músicos
70 O tratamento
72 Raio de luz
73 As perguntas
75 O Trem Misto
80 A amiga
84 As caixas
87 Falar
90 O sonho
92 Trança de índia
95 A história
98 O homem que retorce as mãos
103 A febre
107 As fotos
110 A professora de toba
113 A despedida

Terceira Parte

119 Umas orações

PRIMEIRA PARTE

O hospital

A primeira tentativa de falar acontece no hospital. Estou na cama, o quarto é branco e está vazio. Tenho a impressão de ver uma pequena orquestra num canto. Um grupo de músicos vestidos de militares que afinam seus instrumentos e arranham uma melodia. Vejo também uma menina, tem cara de índia e está com uma batuta na mão. Com a batuta faz um gesto breve e preciso dirigido à orquestra. A música soa com mais força. A menina permanece quieta, em silêncio, escutando. Depois move a batuta em uma linha reta que atravessa o ar. A música para, a menina me olha e ordena: *fale!*

A orquestra, os instrumentos e a menina desaparecem. Estou acordada. Tento chamar alguém, mas as palavras não saem. Quais são as palavras que se usam para chamar alguém? Que palavra fará com que alguém venha?

Não sei como cheguei até aqui, não lembro de nada nem de ninguém. Mas de repente me lembro de uma coisa: a mosca de Rocha. Há uma mosca nas praias de Rocha que quando pica enfia uma larva dentro da gente, num braço ou numa perna ou em qualquer parte que esteja descoberta. Dói e infecciona. Para curar-se, é preciso esperar que o verme nasça e então pressionar um pedaço de carne crua contra o braço ou o lugar do corpo que foi picado. O verme faminto deve despontar por entre a pele humana para morder a carne. E assim, puxando com cuidado, a gente consegue retirá-lo do corpo.

Esta é a primeira lembrança que tenho no hospital. De um verão em Valizas, no Uruguai, com um antigo namorado. Passamos o dia inteiro na praia, recostados à sombra de uns arbustos sujos. Meu namorado enxerga uns vergões em meu braço. Quando voltamos ao centro, alguém nos explica que a picada é de uma mosca, a mosca de Rocha. Me assusto, sinto que vou desmaiar. Procuramos uma sala de primeiros socorros. O médico nos diz que a história da carne é um mito e corta minha pele com um bisturi. Nessa época estou com vinte anos. Mas aí, como se uma força invisível me sacudisse na cama, lembro que acabo de completar quarenta, que houve uma grande festa, alugaram um salão com uma bola espelhada e que essa bola espelhada caiu sobre minha cabeça em pleno baile. Fiquei paralisada por alguns segundos e depois desabei no chão. Que tenho um filho, um marido, um apartamento na rua Bonifacio. E que estou internada, embora não saiba desde quando. Balbucio coisas, não consigo dizer uma única frase inteira ou com sentido. Toco com a mão esquerda o ombro do braço direito e sinto a antiga cicatriz da época em que a mosca de Rocha me picou e tiveram que abrir minha pele com um bisturi. Levo as duas mãos à testa e me dou conta da gaze que cobre o ferimento novo, o ferimento que ganhei há algumas noites, em meu último aniversário.

O médico me chama de Ana. Ana, você está muito melhor. Ana, daqui a alguns dias, você vai voltar para casa. Ana, tudo está indo bem. Meu marido e minha mãe também estão aqui. Revezam-se. Eu acordo e às vezes um deles está ao meu lado, às vezes o outro, e me dizem descanse, coma isto, fulano te mandou lembranças, te trouxe xampu, lá fora está um dia lindo. Fico tonta, mas não é nada. Consigo caminhar, me sentar na cama, consigo ir ao banheiro sozinha e me pentear. Vem também uma médica me fazer perguntas para testar minha memória: qual é o meu trabalho, quem são meus amigos, quem é o presidente do país. Custo a responder, misturo as coisas, mas à medida que os dias passam as respostas se organizam. Consigo pronunciar várias frases inteiras. Conto à médica que estou sonhando muito com uma menina e com uma banda de músicos militares. E que às vezes não são sonhos, mas pensamentos. Ela me ouve, mas não dá importância ao que digo. Parece que os exames estão dando bons resultados. Sorri, anota algo em seus papéis e diz *amanhã você já vai dormir em sua casa.*

O apartamento da rua Bonifacio

Ao chegar em nosso apartamento não reconheço nada. Os médicos nos avisaram que isso poderia acontecer e que com o correr dos dias tudo iria recuperar sua familiaridade. Alberto parece aliviado. Diz que finalmente estamos em casa e que esse assunto da minha memória tem que ser algo passageiro. Garante que a bola de espelhos não pode ter me causado nenhuma lesão severa. *Essas bolas, embora pareçam objetos pesados, são coisas de brinquedo, não pesam nada, são feitas de isopor e recobertas com centenas de espelhinhos para refletir as luzes.* Ele está com olheiras, passou as últimas noites no hospital dormindo mal. Me sento numa poltrona da sala, fecho os olhos tratando de reconstruir a noite de meu aniversário. Acho que podia ter morrido naquela noite. Recordo as luzes mudando de cor, minhas pernas fraquejando, meu corpo esparramado no chão, no meio da pista de dança. Mas não morri. Aqui estou. Tudo está arrumado e cheira a limão e a roupa limpa. *Finalmente estamos em casa*, repete Alberto.

Alberto não é um nome bonito, mas é o nome justo para ele, penso que nenhum outro lhe cairia tão bem. Acho que meus namorados anteriores se chamavam Pablo ou Martín. Olho-o nos olhos. Me vem à memória uma imagem dele, uma tarde, tomando café. Estamos na mesa de um bar próximo à facul-

dade e falamos em nos casar. Pergunto-lhe se isso aconteceu assim mesmo, se era verdade. Diz que claro que foi assim, já faz bastante tempo, e acaricia meus braços como se fizesse frio. *Foi o dia em que você fez a última prova da minha matéria. Então te pedi em casamento.*
Fico pensando nisso e em por que nos casamos, e em como eu era.
Não perdi o hábito de escrever. Agora escrevo em papeizinhos, nas margens dos jornais que Alberto lê todas as manhãs, atrás das notas de supermercado que encontro na cozinha. Não posso voltar ao computador, tampouco aos cadernos, mesmo que me pareçam tão bonitos. Abro-os e penso que vou desperdiçá-los, arruiná-los com bobagens sem sentido. Prefiro escrever em folhas soltas, coisas sem importância em papéis sem importância que vão acabar no lixo.
Mónica chega cedo todos os dias para ficar comigo. Ela cuida de todas as coisas da casa e também do menino. Eu a sigo pelo apartamento e ela fala comigo enquanto cozinha ou troca os lençóis ou põe a roupa para lavar. Preocupa-se com o quanto meu escritório está bagunçado e cheio de papéis.
Quando se sentir melhor, tem que me dizer quais são as coisas que é preciso jogar fora.
Vamos fazer isso agora.
Mónica abre a porta de meu escritório e com o pé afasta umas caixas para que possamos passar. Eu olho ao redor. Neste lugar tudo está desarrumado, papéis, caixas, pó. Nada cheira a limão ou a roupa limpa. Mónica diz que, nos últimos anos, graças a sua ajuda, eu pude passar longas horas aqui, escrevendo sem interrupções.
Escrevendo o quê?
Não sei, suas coisas, os livros.

Mónica me olha com cara de confusa. Procura em uma estante na parede, tira dois livros dali, me passa os livros. Me olha como se esperasse algo.

Não vê o seu nome?, diz, apontando para eles.

Olho as capas, abro os livros, mas minha cabeça dói e decido deixar isso para depois.

Antes do acidente a senhora estava escrevendo um livro novo. Falava disso o dia inteiro, é verdade que não se lembra? Falava disso o dia inteiro.

Peço a ela que me conte. Mónica fica em silêncio, parece estar organizando em sua cabeça aquilo que vai dizer.

É uma coisa sobre uns parentes seus. Uma história antiga. Algo do século passado ou do anterior.

Olho ao meu redor. Fui eu quem deixou tudo assim antes do acidente. Mónica esclarece que esta desordem se deve ao fato de que a proibi de limpar este cômodo. Me explica que os cadernos continuam abertos onde os deixei, a única coisa que fez nesse tempo todo foi passar um espanador e recolher os copos e xícaras que iam se acumulando.

Não se preocupe, quando se sentir melhor logo vai me dizer o que se pode guardar e o que se pode jogar fora. O que a senhora tem que fazer agora, dona Ana, é descansar para ficar bem.

O menino

Tento escrever, tento ler, tento fazer coisas, mas o menino me distrai, chora. Quer atenção, quer me mostrar um desenho que fez. Não entendo o que é, uma pessoa? Uma girafa? Quando lhe pergunto, chora, quer que eu seja como antes. Antes eu lhe preparava leite com biscoitos e não sei o que mais. Mal sabe falar, mas dá um jeito de se fazer entender. Eu não me lembro de nada disso. Não sei onde estão guardados os biscoitos.

As coisas que me importam

Pergunto a Alberto que coisas são importantes para mim. Voltamos caminhando para casa depois de uma tomografia, é uma manhã fresca e de vez em quando o sol aparece entre as nuvens escuras. Andamos devagar, pensativos, e parece um bom momento para recordar as coisas que esqueci por causa do acidente. A *família,* diz Alberto, *o menino.* Garante que isso é o primordial para mim, que sempre foi. Pode ser, parece razoável. Ele se preocupa sobretudo com o que me acontece com o nome do menino, de que não consigo me lembrar. Se apagou completamente. Sobre isso tenho muito o que falar com os médicos, diz. Pergunto a ele que outras coisas me interessam.
Sua profissão, suas aulas, seus alunos. Logo você vai se conectar com tudo isso de novo, isto não pode durar muito.
Quero saber mais. Ele sorri, diz que gosto de massas, de sorvete de chocolate amargo, de todas as frutas menos o kiwi, que prefiro o cabernet ao malbec e que quase não como peixe. Que tenho medo de avião e que, embora tenha tirado a carteira de motorista, não dirijo na cidade. Com ele superei o medo de voar e conheci muitos lugares, mas, desde que o menino nasceu, já não viajamos tanto. Entretanto, construímos uma casa na praia. Essa casa me agrada muito porque ali *me desconecto,* diz. Ele planejou uma viagem de alguns dias para

lá quando acabar esta etapa de exames médicos. Vamos para lá, os três. Fala também do meu cabelo, que sempre foi mais ondulado, com mais volume, e agora ele acha que está meio liso. Gosto mais do outro jeito, e ele também.
Mónica me contou que eu estava escrevendo um livro.
Sim. Um romance.
Caminhamos em silêncio. Espero que volte a falar, mas ele parece concentrado em outra coisa.
É sobre o quê?
É uma longa história. Quer que te conte agora?
Sim.
Caminhamos mais devagar. Alberto emposta a voz, como se estivesse dando uma aula.
É algo com um tema histórico... bem, você ainda não estava conseguindo encontrar a forma de contar a história. Ia começar em fins do século XIX, na campanha do Chaco. A história vem da sua família, você a conhece pelo seu pai...
Como é a história?
O bisavô de seu pai, ou seja, seu tataravô, foi regente de banda no exército de Roca. Você se lembra de quem é Roca?
Não.
Bem, isso agora não tem importância. Logo você vai se lembrar de tudo.
Um presidente?
O militar que liderou o que chamaram de a campanha do deserto. Sim, depois também foi presidente.
E era meu avô?
Não seu avô, seu tataravô. O avô do seu avô. Isso tudo faz cem anos, ou mais. Era músico, quando chegou da Itália foi nomeado regente de banda no exército. Roca mandou as tropas arrasarem os assentamentos dos índios guaicurus no Chaco. Quando o exército avançava, primeiro vinham os soldados disparando e botando

fogo nas cabanas, logo atrás chegava o seu tataravô com a batuta. A banda de música insuflava os ânimos do regimento com marchas militares. Você ficava impressionada ao pensar que essa música era uma arma de guerra. Numa dessas investidas, seu tataravô encontrou uma menina chorando. Uma menininha toba, ali, assustada, entre a fumaça e todos aqueles corpos espalhados. Em pleno galope, puxou a menina para cima do cavalo, escondeu-a debaixo da capa e a trouxe para viver em sua casa com sua família. Eles a batizaram de María. O nome original não se sabe. Chamavam-na de a china María, e ela foi empregada do velho, de seus filhos e de seus netos pelo resto de seus dias. Para a sua família, seu tataravô é um orgulho, uma espécie de prócer. Era sobre essa história que você estava tentando escrever. Você ainda não tinha encontrado a forma de contá-la, dava voltas e mais voltas. Agora só o que importa é nos concentrarmos em sua recuperação.

Não entendo como pudemos chegar em casa tão rápido caminhando tão devagar. Mónica e o menino nos recebem à porta, estavam nos esperando para servir o almoço. Alberto ajuda a pôr a mesa e me diz para lavar as mãos. No espelho do banheiro me acho muito pálida. Enquanto comemos, imagino meu tataravô, os músicos militares e a menina toba. As imagens se misturam com os sonhos do hospital, com as palavras que às vezes escrevo em papéis soltos. Alberto fala da previsão de chuva para esta semana e corta a comida do menino em pedacinhos. Quando Mónica retira os pratos, Alberto pergunta em que estou pensando, diz que estou como em outro mundo. Respondo que não, que estou aqui e que não penso em nada.

O *vendedor da rua Brasil*

Quando o menino dorme, eu perambulo pela casa pensando no que fazer. Toco o ferimento de minha cabeça em frente ao espelho e procuro uma maneira de me pentear que seja minha. Pergunto a Mónica sobre meu cabelo. Ela diz que antes eu o usava mais levantado, traz uma foto da biblioteca: ali estou eu, recebendo o diploma da universidade com um vestido vermelho e o cabelo reluzente, muito espesso. *De repente ficava assim por causa do modo de usar o secador de cabelo,* diz. Me conta que uma de suas irmãs usa um alisador elétrico de uma marca muito boa. Não sabe onde se consegue isso, supõe que na internet deve aparecer. Peço que procuremos no computador, é ela que o liga e que mexe nele. Na internet há milhões de alisadores elétricos, mas custamos a encontrar aquele que procuramos. Escolhemos um de uma loja de artigos de beleza numa galeria da rua Brasil. Mandamos uma mensagem perguntando se o têm. Em seguida respondem que ainda há três em estoque. Voltamos a escrever perguntando se são fáceis de usar. Dizem que são muito fáceis de usar e dão um bom resultado em cabelos sem volume. Escrevemos perguntando se sabem disso por experiencia própria ou se estão copiando o que está escrito na caixa. Não respondem mais. Decidimos ir até a galeria da rua Brasil e comprá-lo imediatamente.

A rua Brasil fica no bairro Constitución. Mónica fica nervosa porque esta é minha primeira saída depois do acidente e pergunta se não seria melhor pegar um táxi. Digo a ela que tudo bem andar de metrô. Ela se alegra porque podemos nos sentar, diz que há lugares porque já não estamos no horário de pico. Me explica o que é o horário de pico. A galeria da rua Brasil me parece um lugar do passado, de minha infância ou de algum sonho. Uma sensação familiar que se desprende dos mosaicos do piso, das cores, do ar que corre fresco, do eco dos passos. Quando entramos na loja, vemos um móvel com coisas para a casa e com produtos de beleza. Mónica diz em voz baixa que estes objetos e produtos devem ser contrabandeados. Um homem aparece atrás do balcão, ela o encara. Peço que deixe isso para mim, que sou perfeitamente capaz de fazer uma compra. Pergunto pelo alisador. Quando começo a falar com ele, noto que me observa de uma maneira estranha. Primeiro olha para minha boca, depois seus olhos sobem por meu nariz, passam rapidamente por meus olhos e ficam observando o curativo em minha testa.
   O que lhe aconteceu?
   Um acidente. Me machuquei.
   Ele sorri para mim. Observo-o ao se movimentar pela loja, me distraio imaginando suas costas e suas pernas debaixo da roupa, e o que aconteceria se estivéssemos a sós. *Aqui está!*, diz, abrindo uma caixa. Mostra-nos o alisador, e como se usa. Suas mãos se movem tão lentamente que parece estar fazendo um truque de mágica. Me informa que com o botão para cima sai o ar quente e para baixo sai o ar frio, me pega pela mão e acomoda meus dedos no aparelho para que eu mesma o teste. Sinto um formigamento atrás dos joelhos. Tenho medo de não estar prestando atenção no que ele diz. Com o secador nas mãos nos olhamos nos olhos. Suas sobrancelhas são grossas e

um pouco inclinadas para baixo, como se estivesse triste. *Você vai levá-lo?*, pergunta. As palavras não me saem. *Sim*, diz Mónica, *vamos levá-lo*. E pede que nos cobre para que possamos sair antes de começar o horário de pico.

Na volta, no metrô, viajamos em silêncio. Eu olho para todas as pessoas do vagão. Olho para homens e para mãos de homem instintivamente, e olho também para fivelas, sapatos e corpos de mulheres.

Todos se movem

Estamos os quatro em casa. Mónica pergunta a Alberto pelas novidades sobre minha saúde. De acordo com ele, os exames estão bons, não há lesões internas nem causas médicas que permitam entender o que se passa com minha memória. Evidentemente, diz, algo estranho aconteceu em minha cabeça, mas a bola de espelhos não me fez nada. Não há lesão nem nada que o golpe tenha provocado além do corte em minha testa. Também não parece que eu tenha sofrido um episódio isquêmico, mas ainda estamos esperando o resultado de vários exames. Mónica o ouve calada, depois tira do bolso o troco do dinheiro das compras e devolve para ele. O menino pede leite. Alberto guarda o dinheiro em sua carteira. *Leite não, já está na hora de almoçar.* Mónica avisa que a comida será servida em seguida. O menino chora, pede leite. Alberto pergunta se vimos seus óculos, Mónica lhe mostra onde estão. O menino chora mais forte, me deixa atordoada. Abro a geladeira e procuro o leite, não sei qual é o iogurte e qual é o leite, as embalagens são iguais. Pego uma delas e deixo-a cair, o piso da cozinha fica todo sujo de iogurte. Mónica logo traz um pano molhado. Fico parada, tratando de não tocar em nada, vendo como os três se movem de lá para cá, de um lado para o outro, como avançam e retrocedem. Alberto põe a mesa e serve leite para o menino, que para de chorar e me olha por cima do copo. Seus olhos são parecidos com os de Alberto, sua testa tem a forma da minha. Ainda é muito pequeno. Talvez acabe não se parecendo muito com nenhum de nós. Espero que pare quieto um instante para olhá-lo melhor. Deixe-me ver você direito. Sei que estou em seu rosto, sei que meu pai está na forma das suas sobrancelhas, e minha mãe em seu nariz. Mas você vai mudar rápido. Olhe para mim um pouco mais, sem gritar, sem chorar. Fique quieto um pouco.

A *praça*

Por estes dias todo mundo fala do tempo, do clima desastroso de Buenos Aires. Terceira semana de chuva, anuncia o noticiário a que Mónica assiste na tevê da cozinha, a todo volume. Visto da sacada de nossa casa, o céu parece irreal, atravessado por linhas como veias luminosas que se perdem na escuridão. Todas as tardes vou até a sacada e posso passar horas ali, olhando as cores e a forma das nuvens, até que Mónica ou Alberto me peçam para entrar. O céu está assim, nublado, atravessado por raios, desde o dia em que cheguei do hospital.

Numa tarde em que não chove, Mónica arruma o menino para levá-lo à praça. Imagino que antes eu é que fazia isso, então quero acompanhá-los e vamos os três. Vestimos nossos casacos e levamos brinquedos: dois carrinhos e um boneco com uma capa. A praça está inundada na área dos jogos e em alguns trechos do gramado. Há pessoas passeando com seus cães e crianças por todos os cantos. Os pais tentam fazer com que seus filhos não se enfiem nas poças d'água. Dois adolescentes se beijam, espremendo-se sobre um banco de cimento. Fico olhando para eles sem me dar conta e Mónica me chama a atenção. *Dona Ana, não olhe para eles, deixe-os em paz.* Seguimos caminho, o menino corre com passos curtos e desajeitados à nossa frente. Senta-se sobre uma lona que estendemos na grama e se diverte com os brinquedos. Nós duas ocupamos um dos bancos. Faz um lindo dia, estava frio quando saímos e agora o sol que aparece entre as nuvens nos aquece. Para Mónica deve ser melhor estar aqui do que em casa passando roupa, lavando, arrumando as camas. Me pergunto por que não terá encontrado um trabalho melhor do que este. Olho para ela e ela vigia o menino, que se juntou a um grupinho de crianças. Estão todos juntos, mas continuam brincando sozinhos, cada um com seus brinquedos. Mónica se levanta e cumprimenta com a cabeça uma mulher de pé entre as crianças.

Quem é?
Quem?
Essa mulher.
É sua vizinha, a do terceiro.
Eu a conheço?
Claro que conhece. É a vizinha do terceiro.

Ajeito minha roupa e a cumprimento mexendo a cabeça como Mónica. A mulher me devolve o cumprimento com a mão.

O céu fica completamente nublado e tudo fica escuro. Caem umas gotas, o menino chora. A mulher puxa pelo braço um menino ruivo que deve ser seu filho. As outras mães também recolhem seus filhos e os levam embora. Mónica pega o menino no colo e aponta para os brinquedos, para que eu os junte.

Chegamos ao apartamento antes de sermos apanhadas pela chuva mais forte. Mónica dá banho no menino e veste-o com uma roupa limpa. Vou até a sacada para olhar o céu e escutar os trovões que soam cada vez mais perto.

As palavras

Às vezes digo café e não estou certa se é isso que quero pedir, porque as palavras não me dizem nada. Outras vezes lembro de frases inteiras que algum dia disse, ou li, ou disseram para mim: "estou apaixonado por você", "o lixo deve ser retirado até as doze horas", "antes tarde do que nunca", "o futuro é nosso". Digo café, digo com licença, digo inverno, digo obrigado. Entendo as palavras em minha cabeça, mas elas perdem sentido ao serem pronunciadas. Minha boca trava como se não estivesse acostumada a estes movimentos.

Chora, chora, urutau / nos ramos do yatay / já não existe o Paraguai / onde nasci como tu / Chora, chora, urutau!

Acordo com estes versos ressoando em minha cabeça. Recito-os para Alberto e pergunto-lhe se é uma poesia minha.

Ele me olha com os olhos muito abertos e depois ri.

Não. É um poema de Guido Spano, acho, um escritor de fins do século dezenove. Você se lembra de algo mais?

Não, só disso.

Alberto procura em seu celular um retrato de Guido Spano, a data exata de seu nascimento e outros dados biográficos, e os lê em voz alta: *Carlos Rufino Pedro Ángel Luis Guido y Spano, mais conhecido como Carlos Guido Spano (Buenos Aires, 19 de janeiro de 1827 – Buenos Aires, 25 de julho de 1918), foi um poeta argentino cultor do romantismo. Em 15 de abril de 1866, publicou um panfleto por meio do qual expressava sua rotunda oposição à Guerra contra o Paraguai. Foi preso por ordem de Bartolomé Mitre em 26 de julho do mesmo ano. Faleceu em Buenos Aires, em 25 de julho de 1918, e foi enterrado no Cemitério da Recoleta.*

Alberto continua a ler sobre dados e datas. Mas agora as palavras que pronuncia se deformam em sons que não entendo. Ele me olha. *Me perdi*, digo. Ele larga o telefone sobre a mesa e se senta na poltrona para ler o jornal em silêncio.

A *sesta*

Esta manhã, antes de sair para trabalhar, Alberto insistiu em que eu dormisse a sesta.
Quanto mais tempo você descansar, mais rápido vai se recuperar.
Mas já estamos em plena tarde e estou acordada, olhando o menino que brinca na sala, vendo Mónica ir e vir, servir o lanche, sacudir os lençóis, mandar mensagens de áudio para Alberto. Ela diz *tudo em ordem, senhor Alberto, tudo normal.* Depois me fecho no escritório, entre os livros e as caixas. Há cadernos inteiros repletos de notas para o livro que estava escrevendo. Folheio alguns. Vejo descrições de uniformes militares do Exército Expedicionário, classificações de instrumentos musicais, datas de batalhas, listas de palavras em outro idioma, vocabulário militar, planos de trabalho, listas, mais listas. Também há livros de história abertos e marcados. Abro uma agenda repleta de anotações. Vejo assinaladas com tinta vermelha datas de provas, visitas ao dentista, reunião de pais. Suponho que Alberto tenha se ocupado de tudo durante este tempo.
Aqui é onde eu trabalhava, aqui lia estes livros, aqui escrevia nestes cadernos cheios de anotações que agora leio com tanto esforço. Me custa reconhecer minha própria letra:

"Revisar data – última expedição."
"Organizar correspondência de N. Uriburu, chefes militares e familiares. Ver caixa 'Correspondência'".
"Acrescentar: testemunho de / número de caixa / coleção de cartões postais / visto capital mais documentos."
Mónica bate na porta e pergunta se estou me sentindo bem. Me irrito com sua interrupção. Agora as letras no caderno formam palavras irreconhecíveis. Um trecho inteiro que não diz nada compreensível, e depois outro, e no seguinte tampouco consigo entender algo. Não consigo ler. *Não consigo ler, Mónica!*
Abro a porta do escritório.
Senhora, é melhor se deitar.
Me pega pelo braço e me acompanha até o quarto.
É hora da sesta e deve estar muito cansada, deite-se um pouco.
Me sento na cama, tiro as sandálias, os jeans, desabotoo o sutiã por baixo da camiseta. Sinto o corpo todo pesado e a cabeça febril. A cama cheira a limpeza, os lençóis recém foram trocados. Abraço o travesseiro. Estou com os olhos abertos, dá no mesmo estar acordada ou dormindo. É como se não estivesse em parte alguma, flutuando em pensamentos sem forma.

Como funciona um cérebro? Pude ver o meu nas tomografias. Parece uma noz cortada ao meio. Em que lugar fica guardado tudo o que uma pessoa aprende durante a vida, o que consegue entender com muito esforço, o que alguma vez lhe foi explicado, o que descobriu sozinha, o que preferiu não saber? Tento falar em voz alta os nomes das coisas que me escapam, o nome do menino. Como eu era na idade dele? Não encontro nada claro em minha cabeça. Busco imagens na memória, aparece um cheiro de gasolina, um ônibus escolar. Antes de ser vencida pelo sono, por fim me vejo. Sou alguns anos mais velha do que ele, estou numa excursão, no ônibus da escola, e o cheiro de gasolina me deixa mal. Meus colegas gritam e atiram caixas de suco vazias no chão. Atravessamos o campo, uma paisagem plana e seca, até chegar a um povoado da província de Buenos Aires. Percorremos algumas de suas ruas, cruzamos uma praça e entramos num museu instalado nos cômodos de uma casa colonial. Uma funcionária de voz grossa e cheirando a cigarro nos serve de guia. Há quadros com fotos e pinturas nas paredes. Num destes desenhos, um índio cerca o cavalo de um militar que está a ponto de cair atravessado por uma lança. Em outra sala, a guia aponta com o indicador para uns sabres pendurados na parede e para um armário onde se exibem armas e medalhas. Há também uma batuta de orquestra e uma tabuleta com um nome e um sobrenome. É o meu sobrenome, mas ninguém percebe. Me dou conta de que os objetos no armário pertenceram a meu tataravô. Levanto a mão para contar a história para todos. Ninguém me olha. Enquanto a guia não para de falar, volto a levantar a mão várias vezes, até que a professora aperta meu braço e me pede para não interromper. Quando termina a visita ao museu, voltamos ao ônibus. Fazem uma contagem para garantir que não falte ninguém e continuamos a excursão.

Os que vêm

Das pessoas que vieram me visitar durante estes dias, só reconheci minha mãe. Com ela consegui conversar, embora ela tenha falado muito mais do que eu e eu não tenha entendido tudo o que disse. Não lembro das outras pessoas que vieram. Alberto atendeu vários telefonemas de pessoas preocupadas comigo e convidou muito poucos para virem aqui. Disse que ainda não era um bom momento para eu receber muitas visitas e que era melhor que viessem um a um e não ficassem mais do que uma hora.

Minha mãe falou de sua saúde, de seus planos, de uma viagem a Roma que combinamos de fazer quando eu estiver recuperada.

Roma é sua cidade favorita, e também a minha.
Roma? E qual era a cidade favorita de papai?
A de seu pai? Não sei, La Plata, suponho.

Pedi a ela que me falasse mais sobre ele, mas não o fez. *O que é que posso te dizer que você já não saiba?* Tenho a impressão de que não acredita totalmente no que aconteceu comigo.

Seu rosto é parecido com o meu, seus olhos são claros, sua pele luminosa, e, aos setenta anos, quase não tem rugas. Quanto mais observo seus gestos, menos entendo o que diz. Sua voz me tranquiliza em alguns momentos e me deixa tonta em outros. Fiquei com vontade de lhe contar coisas que nos fizessem rir, mas não soube o quê, nem como. Ela falava sem me olhar nos olhos.

Você não sabe quanta gente me perguntou por você. Quanta gente te mandou um oi! Postei sua foto no Facebook quando te deram alta. Deixa eu procurar no telefone e ler para você. Esta é de Raquel: "Me alegra muito ver que Ana já está melhor e em casa". Esta, de Ansaldi: "Que bom que sua filha já está em casa com sua linda família". Romi postou um coraçãozinho. Ah, olha, esta é de tua tia Sonia: "Que alegria saber que foi só um susto. Mando muitos beijos e carinhos para vocês. Ela ainda está escrevendo aquele livro sobre a história do Tata?". Bem, ali embaixo outro coração de minha amiga Cheche... e outro coraçãozinho de um tal Ahmed, não sei quem é.

Continuou falando por um longo tempo. Mencionou nomes de pessoas e lugares que não me dizem nada. Falou de um médico homeopata e de um artigo que leu sobre um tratamento natural com ervas que ajudam a memória e a concentração. Falou da importância da alimentação e prometeu passar uma receita para Mónica. Na hora de ir embora, quis que acordássemos o menino para lhe dar um beijo e disse que, se aceitássemos, podia ficar com ele em sua casa por uns dias.

Uns dias, até você se recuperar.

Não sei, vou perguntar a Alberto.

Nas poucas vezes em que olhou para mim, seus olhos se encheram de lágrimas, que me pareceram de pena. Quando estava para sair, perguntou pelas caixas de meu escritório e se eu precisava de ajuda para arrumar tudo aquilo. Disse que não era preciso e agradeci. Ela insistiu. Disse outra vez que não. Vi seus olhos outra vez e me pareceu que essas lágrimas também podiam ser de raiva, de uma raiva tão profunda que me causava dor.

O editor

Outra pessoa que veio me ver foi meu editor. Alberto não estava, Mónica deixou-o entrar. *Só um momento, porque a senhora fica muito cansada.* Quando ficou à minha frente, tive a sensação de que meu corpo tinha encolhido. Olhei para minhas pernas e meus sapatos como se necessitasse comprovar meu tamanho. Respirei fundo. O editor é um homem altíssimo, de proporções estranhas, magro e gordo ao mesmo tempo, envelhecido para sua idade, mas com aspecto juvenil. Tudo me pareceu ambíguo e contraditório nele. Nos cumprimentamos na sala e nos sentamos um em frente ao outro. Por algum tempo ficou desconfortável, calado, tossia muito e mexia seu corpo na poltrona como se tivesse que acomodar uma massa escorregadia num molde estreito demais. Quando achou uma posição, cruzou uma perna sobre a outra e olhou para mim, me estudando.

Não posso acreditar que você não saiba quem sou, disse.

Não sei, respondi, e pensei que todos estes objetos da sala, a floreira, as poltronas, as cortinas, eram coisas que um dia escolhi com cuidado e que agora também não reconhecia. Mónica nos ofereceu um café, que ambos recusamos.

Você também não se lembra de nada do que estava escrevendo?

Nada.

Ele coçou o tornozelo, pensativo. Ficou em pé, pediu licença para fumar na sacada e desapareceu de minha vista. Continuei quieta em meu lugar. Alberto tinha dito que não convinha receber muitas visitas porque podiam me perturbar e isso não era bom para minha recuperação. Procurei ficar tranquila, embora meu coração batesse rápido, os pensamentos atropelassem uns aos outros e me causassem sobressaltos.

Eu estava escrevendo um livro. Conhecia muita gente. Havia conversas, havia festas, amigos. Estava tentando escrever uma história, una história familiar. Não conseguia encontrar a forma de contá-la. Chora, chora, urutau. A banda do exército insuflava o regimento. Escolhi com cuidado os objetos da sala. Já não existe o Paraguai. Me sentava para escrever. Nos galhos do *yatay*. Onde nasci, como tu.

O odor a limão da sala foi se impregnando com o cheiro do fumo. Os músculos de todo o meu corpo estremeceram. Me levantei devagar da poltrona e fui até a sacada para olhar outra vez o editor. Minhas lembranças são coisas sem forma, flutuam num rio cheio de sujeira. Às vezes vislumbro algo que creio reconhecer, uma cicatriz de minha infância, um cheiro que me arrepia a pele ou certo tom de voz que traz a imagem de alguma pessoa. Este homem que fumava em minha sacada, e falava não sei de quê, parecia emergir deste fundo sujo da memória. Eu o escutei, embora só tenha podido reter umas poucas frases do que disse. *Aí vem a chuva*, falou, para dar por encerrado seu monólogo. Os dois, calados, vimos as nuvens cinzentas se encherem de eletricidade. Quis responder alguma coisa. Falei das nuvens, disse que pareciam as asas de um pássaro se esfumando no céu. Algo assim. O alarme de um carro estacionado ali perto começou a soar. As luzes da rua se acenderam. O editor apagou o cigarro na borda de um vaso e me olhou como se olha através do ar. Com palavras que me soaram vazias, disse que tinha que ir, que logo ligaria para mim, que lamentava muito tudo que havia acontecido.

O livro

Passo as sestas dando voltas na cama. Muitas vezes tenho a sensação de que sou enorme, muito pesada, e que vou quebrar a cama. Em outras, que sou tão pequena que poderia afundar e me afogar entre os cobertores. Há tardes em que as duas sensações aparecem ao mesmo tempo. Para me acalmar, me obrigo a pensar em outra coisa. No vendedor da rua Brasil. Primeiro reconstruo seus olhos, sua boca, as mãos. Quando consigo imaginá-lo por inteiro, sonho acordada que vou encontrá-lo e que ele arranca o curativo de minha testa com muito cuidado. Toca em meu ferimento com os lábios, depois passa-os pelos olhos e pelo nariz até que nos beijamos na boca. Enquanto me beija, segura minha cabeça com as mãos, que são tão grandes que cobrem meu crânio inteiro.

As vozes na sala me despertam deste sonho. Alberto chegou, Mónica lhe conta o que fiz e como estive durante o dia.

A senhora está aflita porque tem dificuldade em fazer as coisas, mas já vai melhorar.

Fala isto numa voz bem alta para que eu possa escutá-la do quarto. Depois pega seu casaco e sua bolsa e vai para casa. Fico na cama um pouco mais até que Alberto me chama.

Estamos os dois no sofá. O menino está dormindo ou brincando em seu quarto. Meu marido me olha com pena. Peço que me dê algo para ler.

O jornal?

Não, algum livro.
Que livro?
Não sei, qualquer um.
Alberto procura na biblioteca. Me dá um livro pesado, com capa cinza e lombada azul turquesa. Leio em voz alta, lentamente, para não cometer erros:
"A his-tória ar-gentina de fins do século xis e do século xis-xis não poderia nem se-quer ser entendida sem nos re-fe-rir-mos à rá-pida forma-ção de uma clas-se trabalha-dora de origem i-mi-gran-te..."
Um pouco mais, diz Alberto, *leia um pouco mais e você vai ver como vai melhorar. Se você quiser, podemos pegar uma coisa mais fácil, um romance, um conto,* diz, procurando nas prateleiras mais altas da biblioteca.
Gostaria de ler aquilo que estava escrevendo, meu livro.
Ele não acha uma boa ideia, mas em seguida nos sentamos em frente ao meu computador, rodeados pelas caixas, livros e papéis empilhados. Alberto não sabe qual é o arquivo correto, abre e fecha documentos na tela. Finalmente me mostra o único documento guardado com o nome ROMANCE. Aparece uma lista com títulos de supostos capítulos. Aos primeiros seguem-se algumas notas. Mais abaixo, aparecem sem nenhuma descrição ou planejamento. O documento inteiro não chega a duas páginas, Alberto o lê em voz alta:

– O deserto:
Conquista do Chaco. Domesticação e resistência: última etapa. Narrar do ponto de vista da época. Ver tópicos discursivos que ilustram os pressupostos de cada etapa: a) Narrativa do deserto; b) narrativa do colono; c) narrativa da colônia aborígene; d) narrativa da reparação histórica.

– A fronteira:
Projeto nacional de expansão da fronteira. Eles (os índios) são a fronteira.
Sarmiento: "O aparecimento dos índios em Rojas e em Fuerte Mercedes trouxe mais uma vez à consideração do público a ideia muito cristã de que somos mortais, isto é, que temos fronteiras." (*El Nacional*, 10 de setembro de 1856)

– A china María:
Cena dela dormindo em seu quarto de empregada doméstica (+ ou - 1900). Descrição do casarão de La Plata. Está com doze ou quatorze anos. (Camisola de linho branco, tranças longas, etc.) Sonha com sua mãe, seus irmãos, com animais? Ao despertar, lembra: a pele exposta, as sandálias de couro. As palavras que sabia, antes, para chamar as coisas.

– A apropriação:
Filha/empregada. Concerto no Teatro Argentino: a índia não suporta ouvir "essa música". Descrever focando nela. Trombones e címbalos: calafrios. (Mais adiante ela vai evitar este sofrimento com a desculpa de que não serve para ouvir música). Diz um membro da família: "Isso dos instrumentos e dos pentagramas combina mais com outras crianças da casa. Talvez porque o trazem no sangue".

– Lembrança do Gran Chaco:
O azul do céu – A noite ao relento – As estrelas grandes, como ao alcance da mão – O cheiro do *guayacán* úmido – O porco selvagem, as onças.
O som de um clarinete agudo, o fundo grave de tambores, os bombos.

O calor, os insetos, os gemidos da mata, o horizonte com fogo, o solo a tremer, despojos humanos, degolas, o silêncio da planície.

– A banda militar:
Formação da banda: lista de instrumentos/peças. Retrato dos músicos. Ver correspondência caixa 14, fólio 152 e seguintes.

– O povoado / o posto:
Revisar dados museu Ranchos, museu Rauch. Revisar M. etnográfico.

– A viagem a La Plata:
Narração sobre duas hipóteses diferentes.

– A língua:

– A família:

– Fotos de família:
C1, 23, 24, 57, 58, 59, 63, 71, na caixa Fotos Família.

– Propriedade:

– Distância:

Depois de ler o documento, Alberto quer desligar o computador e ir dormir. Digo a ele que vá e se deite, que logo o acompanho. Mas eu não quero dormir. Fico abrindo os cadernos, olhando para os papéis empilhados no escritório. Passo a noite inteira aqui, pensando de onde tirei tudo isso e o que é que desejo escrever. O que queria fazer. Dos cadernos entendo coisas soltas, algumas descrições, uns nomes, mas leio tão devagar que é inútil. Tudo que um dia aprendi depende agora de uns fios pegajosos, de uma teia de aranha avariada que ocupa minha cabeça. Penso isto porque quando levanto os olhos dos cadernos vejo à minha frente uma teia de aranha de verdade, estendida entre duas prateleiras altas do ângulo da parede. Um bicho com asas, bastante grande, está preso na teia. Não sei que bicho é, talvez uma libélula da chuva que entrou pela janela atraída pela luz e agora agoniza grudada ali. Tento alcançá-la usando uma caneta, esticando o braço o máximo que consigo. Chego a mover os fios e, na penumbra, vejo aparecer a aranha de patas finas e longas, a vigiar sua presa. Devo fazer isto rapidamente, um movimento certeiro que corte os fios. Fecho os olhos e mexo a caneta num vai e vem frenético. Espero ouvir o bater de asas da vítima se libertando ou sentir a picada venenosa da aranha em minha mão. Nada disto acontece. Quando abro os olhos, o cenário é lamentável. A libélula caiu morta no chão e a aranha, quieta, parece lamentar a perda de seu alimento para todo o inverno. Apago a luz, fecho a porta e me afasto depressa do escritório. Acordo Alberto de madrugada. Digo a ele que acho que já não sei ler, que façamos algo antes que tudo fique pior.

A casa da praia

Os médicos insistem em que não há motivos claros para entender o que está acontecendo comigo. Se as coisas não melhorarem, vou começar um tratamento ambulatorial. Primeiro é preciso esperar os resultados de meus últimos exames. Alberto propõe que até lá passemos uns dias na casa da praia, diz que nos fará bem nos afastar da agitação e respirar um pouco de natureza.

Como as roupas de praia não servem para esta época, coloquei na mala um casaco grosso de lã, minha camisola, roupa de baixo, uma calça jeans, um moletom e algumas camisetas. Mónica arrumou a mala do menino.

Agora ando com o casaco o dia inteiro. Faz um frio glacial neste lugar. Alberto diz que eu gosto muito desta casa, mas não sei. Sinto uma ardência em minha cabeça ao lembrar de algumas coisas. O terreno vazio, madeiras soltas, umas colunas, esta casa. Os materiais, o dinheiro para os materiais que pedimos em um banco, que era preciso comprar a pia para o banheiro. Que pia significa tanque. Tudo aparece misturado com a poeira, as viagens de ida e volta pela estrada nos fins de semana. O menino berrando no banco traseiro do carro, cansado, entediado.

Você gosta muito desta casa, é seu lugar no mundo, repete Alberto, enquanto tenta acender a estufa. *Sempre demora para acender quando passa tantos meses apagada.*

Está agachado riscando fósforos que se apagam em seguida. Eu estou parada, quieta, procurando com o olhar algo que me pareça conhecido nesta casa.

Aqui você terminou a tese, aqui passamos as festas, aqui você se concentra melhor para escrever. Esta casa foi você quem fez.

Não, foram os pedreiros.

Bem, é um modo de dizer, amor, explica, e consegue acender a estufa, que gera uma pequena explosão, e ele e o menino riem porque sabem que não é perigosa.

Alberto está inquieto, diz que quero um chá e o prepara para mim. Acho que está com pena, com medo de que as coisas não voltem a ser como antes. O menino espalhou seus brinquedos no chão e a estufa está no máximo, mas continua a fazer frio na casa inteira. Fui eu que escolhi este piso? *É porcelanato*, diz. Eu gosto de madeira. E os móveis? E estes móveis?

Alberto traz o chá e se ajeita a meu lado. Fala do vento que sopra muito forte lá fora e faz as árvores crepitarem. Parece perigoso, mas não preciso me assustar. Está tudo bem. Aqui é sempre assim nesta época.

Quanto tempo vamos ficar aqui?

Somente uns dias. Viemos para descansar e para que você melhore.

De manhã Alberto sai para comprar o jornal. Eu ponho água para esquentar numa jarrinha e quando está a ponto de ferver coloco uma colherada grande de café, misturo e apago o fogo. Depois, com um filtro, passo tudo para uma cafeteira branca com tampa, para que não esfrie. A casa se enche de cheiro de café e o menino se levanta descalço. Procuro meias e as coloco nele. Agasalho-o também com um macacão por cima do pijama. Em casa, Mónica é que faria todas estas coisas. Me alegro que ela não esteja aqui para que eu mesma as faça. Quando Alberto chega, sirvo o café e ponho o pão para tostar, mas me distraio e as torradas queimam. Alberto diz que não importa, fazemos outras. Tomamos café durante quase duas horas enquanto ele lê o jornal, o menino toma leite e brinca com um pônei de plástico com uma cauda roxa e fúcsia.

Saímos para caminhar. Vamos bem abrigados, com cachecóis e capas, por uma rua de terra, cercada de pinheiros e eucaliptos, que termina na praia. Não sei por que viemos ver o mar com este frio, com este vento. Estamos os três calados, o menino puxa o braço de Alberto, que o pega no colo. Eu fixo a vista no mar. Penso nas coisas que existem na praia e enumero-as mentalmente: areia, mar, vento, caracóis, pedras, peixes, espuma, plâncton. Faço isso de tempos em tempos, porque acho que me ajuda. Listas mentais de todas as coisas. Começo pelas mais fáceis e termino pelas mais difíceis. Fiz isso na estrada, faço isso quando vou ao médico. Agora repito, tremendo de frio: mar, areia, pescador, farol, nadador, cais.

Pergunto a Alberto se sei nadar. Ele sorri antes de responder.

Você não é nenhuma expert, mas sim, sabia nadar, sabe. Essas coisas a gente não esquece, é como andar de bicicleta.

O vento agora está tão forte que se enfia entre nossas capas e cachecóis. Alberto sugere que voltemos porque está fazendo muito frio.

Sim, vamos.

Mas ficamos um pouco mais, quietos, olhando o mar sem nos mexer.

O *bosque*

Dentro de casa a estufa está ligada no máximo, ouve-se o vento batendo nas janelas. Alberto lê um livro e o menino vê um desenho animado no computador. Eu não sei o que fazer. Escrevo coisas num papel. Escrevo em letra de imprensa maiúscula e repasso cada letra com a caneta. Depois vejo através da janela da cozinha duas bicicletas que reconheço em seguida. Uma delas, velha e verde, é minha. Acho que a usei bastante, acredito ter ido e vindo da praia com ela pela rua dos eucaliptos. E lembro que uma vez caí e arranhei o joelho. Levanto a calça para olhar o joelho, mas não há nada ali. Na outra perna também não vejo marca alguma. Talvez essa história do joelho tenha sido antes, muito antes, com outra bicicleta.

   Quando anoitece, jantamos uma pizza, e, depois de colocar o menino para dormir, Alberto procura algo para vermos no computador. Encontra um filme sueco e se alegra porque é um de que nós dois gostamos muito. Não importa quantas vezes o vemos, diz, sempre encontramos algo novo para comentar. Além disso, justamente porque já o vi, para mim vai ser mais fácil de acompanhar. Concentro minha atenção na tela, um fundo negro no qual aparecem os nomes dos atores em letras brancas, enquanto se ouvem badaladas ao fundo. A primeira imagem é a de um padre rezando missa, depois aparecem uns quantos fiéis que o escutam sentados em seus bancos, o plano se abre mais e se vê, de fora, a pequena igreja, em meio a uma paisagem de neve, desolada. Alberto pergunta se estou conseguindo acompanhar o filme. Concordo com a cabeça, mas não estou tão certa. Os fiéis, vestidos com abrigos pesados, cantam um salmo. Faz frio no filme e aqui também. Ouve-se o vento lá fora como um uivo. *Nas zonas de bosque é sempre assim.* Alberto me abraça. No filme, todos se aproximam do padre para receber a hóstia. "O corpo de Cristo, que é dado por vós."

Imagino que o padre é o vendedor da rua Brasil e que vou vê-lo atravessando a neve com um casaco muito longo e um lenço na cabeça. Ao entrar na igreja, ele tira minha roupa molhada, me abraça e posso sentir seu calor e seu cheiro. Quando estamos a ponto de nos beijar, aparece a voz de Alberto e tudo se desintegra.

Ele fica contente por me ver tão concentrada no filme e por estar acompanhando bem as legendas. É uma sorte tê-lo encontrado, porque é um de nossos filmes favoritos. Quando ainda não éramos casados, gostávamos muito de ir ao cinema, íamos muito aos ciclos de cinema clássico nas salas do centro. Lembro disso?

Faço que sim com a cabeça e mantenho os olhos fixos na tela até que eles se fecham.

As vizinhas da cabana

Penso que seria melhor voltar. Aqui fazemos sempre as mesmas coisas: preparar o café, vestir o menino, caminhar pelo bosque até a praia ou ir de carro até o centro para comprar *medialunas*. Com todas as estufas ligadas, a casa já não está fria, mas aqui dentro o ar quente se tornou irrespirável. Alberto e o menino dormem a sesta. Não acredito que ficar aqui sirva para me recuperar, nem para acumular forças, nem para nada. Vou até o jardim, monto na velha bicicleta verde, fico um instante parada, imóvel, mas de repente solto o pé que a prende ao solo e começo a andar. Cruzo o portão de madeira e já estou do lado de fora. Oscilo por alguns metros, mas em seguida encontro o equilíbrio e pedalo com segurança, cruzo a rua de terra e me enfio pelo caminho que atravessa o bosque. O ar frio e o cheiro dos eucaliptos batem em meu rosto e sinto todos os músculos do corpo despertarem. Ouve-se o barulho do mar cada vez mais perto. Poderia andar quilômetros. Porém, antes de chegar à praia, aparecem uns cães, não sei de onde. São três, dois de tamanho médio e um muito grande. Latem e correm atrás das rodas dando pequenas mordidas, me fazem cair. Fico imóvel, de costas contra a terra, a bicicleta sobre as pernas. Cubro o rosto com os dois braços, os cães latem mais forte, agora com os focinhos pegajosos em minhas orelhas. Que não me mordam, que não me machuquem. Há pouco tempo, na cozinha, pensei que seria melhor deixar de existir e agora me apavora que estes animais possam me destroçar e que tudo termine de forma dolorosa e horrível.

Uma voz chama os cães e os faz calar. Os três se afastam grunhindo, com o rabo entre as pernas.

Eles te machucaram?

Uma mulher envolta numa espécie de poncho se agacha para me olhar.

Só-só me fizeram cair.

A mulher me ajuda a me levantar, cuidando para não me apressar. Verifica se não estou machucada. Apresenta-se como a dona dos cães e aponta para uma cabana atrás das árvores.

Eu moro ali. Você está bem, só um pouco enlameada. É isso? Dói em algum lugar?

Nada me dói. Mas a bicicleta está avariada, o guidom está torto e a correia se soltou. Ela insiste em que entremos em sua casa para consertar a bicicleta e para que eu possa limpar o barro das mãos e da jaqueta. É certo que Alberto vai se assustar se acordar e não me vir, mas afinal aceito e entramos na casa arrastando a bicicleta avariada.

Dentro da cabana o cheiro é delicioso. Uma mulher mais jovem está fazendo geleia numa caçarola gigante. Seca as mãos no avental e vem me dar um abraço que me perturba.

Aquelas feras te assustaram, não?

Os cães? Sim. Um pouco, me fizeram cair.

Ela volta para a sua geleia, diz que são cães mansos, mas muito chatos. Alguns vizinhos e turistas que usam este caminho do bosque para chegar até a praia se queixaram. Elas os deixam soltos porque sabem que não vão machucar ninguém.

Agora tira a colher de dentro da caçarola e a assopra.

Você quer provar?
Com a colher na boca, me pergunto o que estou fazendo na casa de duas estranhas. Espero sentir o gosto doce da geleia, mas não estou certa de ter sentido algo, apenas uma mistura quente que me queima um pouco a língua.
Está muito gostosa.
Deixo a jaqueta enlameada numa cadeira da cozinha, abro a torneira da pia e tiro o barro das mãos. A garota me alcança uma toalha, continua a falar dos cães, do quanto gostam deles, de como cuidam deles como se fossem seus filhos. A mulher do poncho colocou unas luvas de jardinagem e, com uma ferramenta que não conheço, martela a bicicleta. A cabana é acolhedora e colorida, cheia de livros e desenhos, fotos, bules de todos os estilos e tecidos artesanais cobrindo as poltronas. A garota me oferece um chá.
Aceite, isto aqui vai demorar um pouquinho, diz a mulher do poncho.
Me sento em uma das poltronas, de repente o cheiro de chá se mistura a um odor de ervas fortes e doces. Reconheço o cheiro de maconha. Elas passam de uma para a outra um baseado que não sei de onde tiraram.
Você quer?
Não, obrigado.
Para que não me achem antipática, digo a elas que estou em tratamento médico. Levanto a franja para lhes mostrar o corte em minha testa.
Sofri um acidente na noite do meu aniversário, ainda não me recuperei do golpe.
Um golpe, como assim?
Conto o que posso, misturo o que lembro com o que me contaram: a festa, o nervosismo, o brinde, a bola espelhada caindo sobre minha cabeça, em pleno baile. Agora as duas me

olham com certa expectativa. Olham uma para a outra e começam a rir. Nada do que contei tem graça, penso, me sinto incomodada, um pouco ofendida. Mas em seguida começo a rir também e passamos um tempo numa gargalhada grupal. Elas envoltas no efeito da maconha e eu não sei em quê.
Desde esse acidente é difícil para mim ler ou fazer qualquer coisa. Antes eu dava aulas e estava escrevendo um livro, agora mal consigo falar e nunca me lembro do nome do meu filho.
Elas riem com mais força e eu também.
Estamos rindo do quê?
Nenhuma responde. As risadas vão diminuindo e agora olhamos para o chão em silêncio. A mais moça tem um ataque de tosse. Serve-se de um copo de água da torneira, bebe-o de uma só vez e diz que também escreve. Poesia. E que tira o tarot. *E ela pinta*, diz, apontando para a outra.
Eu também tenho lacunas na memória. Não uma, mas umas dez dessas bolas devem ter caído sobre a minha cabeça. Mas, olhe, eu acho que é bom não nos lembrarmos de algumas coisas. Sério mesmo, diz a mulher do poncho.
Lá de fora chega o latido dos cães. Nós três vamos até a janela. Alberto e o menino estão atrás das árvores. Parados à beira do caminho, olham para a cabana como dois estrangeiros perdidos.
É minha família. Vieram me buscar.
Você vai ter que levar a bici caminhando, diz a do poncho, com cara séria, e de repente, mais uma vez, nós três rimos sem motivo algum. Meu corpo todo treme e eu choro de tanto rir.
Não os faça esperar, coitados, diz a outra em meio a uma gargalhada.
Respiro fundo, faço força para parar de rir. Pego a jaqueta e a bicicleta e saio da cabana para encontrá-los.

Hoje ou amanhã

Alberto não sabe se devemos voltar hoje ou amanhã. *É muito bom ficar aqui, mas estamos muito isolados neste lugar,* diz. Não está chateado por causa de minha saída desta tarde, só ficou com medo de que me perdesse e não soubesse voltar. Desde que chegamos está sentado no sofá, muito calado e pensativo. Dá pena vê-lo assim. Falo das vizinhas, de sua cabana, conto a ele que me ofereceram maconha e não aceitei, e que morreremos de rir sem saber por quê. Alberto sorri. Ele as conhece de antes, encontrou-as duas ou três vezes no armazém e numa reunião com os vizinhos, há mais de um ano, na qual foram as únicas a votar pela não contratação de um serviço de segurança privada. *São simpáticas,* diz, *mas não deveriam deixar aqueles cães soltos.*

Depois de jantar, tomo um banho quente e ouço Alberto e o menino, lá fora, fazendo alguma brincadeira e rindo. Me alivia imediatamente saber que já não estão preocupados nem chateados nem tristes. Ao sair da ducha coloco uma calça de *jogging*, a camiseta que uso para dormir e vou para perto deles. Parecem estar conversando, embora o menino mal saiba falar. Estão concentrados e atentos um ao outro. Não percebem minha presença até que Alberto me vê, acaricia minhas costas

e me pede para não andar com o cabelo molhado, *você pode passar mal com este frio.*
   No quarto, sentada na cama, seco o cabelo com uma toalha. Minhas têmporas estão doloridas, é o cérebro a pulsar. Fecho os olhos e pressiono as pálpebras com os dedos. Na escuridão de minha cabeça aparecem faíscas, sóis, um raio, que depois desaparece. A dor some, abro os olhos. Nossas malas ainda estão abertas em algum canto deste quarto sem enfeites nem vida. Alberto e o menino estão do outro lado da porta. Do lado de fora entra o canto de um grilo e, mais distante, o murmúrio do mar. Com o cabelo ainda úmido, deixo cair a cabeça sobre o travesseiro. Penso na cidade, no quanto está longe, no quanto é suja e barulhenta, penso em nosso edifício, em nosso apartamento. E em meu escritório, cheio de caixas e papéis esperando por mim.

Quando Alberto quer falar sobre meu problema, sempre começa dizendo "agora que o perigo já passou", e depois fala da recuperação, de como tudo vai ficar bem com o tratamento. Primeiro é preciso resolver as coisas básicas: o nome de meu filho, que me escapa, as lacunas de minha memória, as palavras que não me ocorrem. Vamos ver o que acontece. O trabalho e as outras obrigações podem esperar.
   Nesta manhã ele fala de todas as coisas que podemos fazer. Estar aqui também é uma oportunidade para nos ocuparmos um pouco com esta casa que ficou tantos meses fechada. Poderíamos chamar o carpinteiro que fez os móveis da cozinha e encomendar a ele o piso de madeira que eu queria para a saída ao jardim e os rodapés que ficaram pela metade. Poderíamos também pedir a ele que vá projetando uma estante e, aos poucos, trazer uma parte de nossos livros para cá. Alberto fala tudo isso com um entusiasmo que não compartilho, mas

que me tranquiliza. Esteve este tempo todo tão sério e preocupado que seus gestos eram, para mim, os de uma pessoa completamente estranha. Agora seus olhos voltaram a ter algo de familiar. Acompanho o fluxo de sua fala. Digo que tudo me parece bem e acrescento detalhes para o carpinteiro: *uma marca d'água, uma saliência... consoles, uma passarela, um sótão*. Não tenho certeza de nada do que falo, mas confio em que nosso atual estado de espírito seja suficiente para que tudo fique bem. Alberto sempre assente com a cabeça quando falo, menos agora, quando o sorriso desaparece de seu rosto e me diz: *você não está dizendo nada, amor, nada que faça sentido. Talvez seja melhor voltarmos*. Mais uma vez em seu rosto os sinais de preocupação, mais uma vez meus pensamentos se embaralham. Como cheguei até aqui? Por quê? Tento estabelecer um encadeamento lógico dos fatos: conheci Alberto, fomos morar juntos, nos casamos, tivemos um filho, pedimos um empréstimo, construímos uma casa na praia. Nada disto me parece fácil, simples de entender. Estou em silêncio, olhando para os ladrilhos do piso. Alberto diz para eu não me preocupar, que ficaremos aqui mais alguns dias, que só preciso descansar, que tudo vai ficar bem.

Lá fora

Tomamos o café da manhã em silêncio, os três, até que Alberto murmura algo sobre o cabelo do menino. Diz que está muito comprido e sem corte. Há uma barbearia no centro que abre à tarde e me pergunta o que acho de o levarmos hoje mesmo. Quando respondo que sim, ele já está lavando as xícaras e não sei se mudou de opinião ou eu demorei muito a responder e ele já se distraiu com outro pensamento. Chego perto do menino, que está brincando com seu pônei de plástico, acaricio seu cabelo. Alberto comenta que esse brinquedo era meu e que o guardo desde a infância. O menino me olha como se esperasse que eu lhe conte algo sobre o pônei. Diga a ele algo sobre o pônei, penso, diga a ele que é um brinquedo que você ganhou de presente dos seus pais. *O pônei é um brinquedo*, digo. O menino me olha esperando mais. Diga a ele algo mais, digo a mim mesma, invente, não diga a ele que não sabe, diga que o pônei se chama Arco-íris, ou Raul. Conte para ele como você era quando tinha a idade dele. O menino se cansa de esperar e se concentra outra vez em seu brinquedo solitário. A franja lhe tapa os olhos.
Sim, vamos à barbearia.
Depois da sesta, responde Alberto.

Antes das cinco já estamos preparados para sair. Está chuviscando, mas não importa, o plano é cortar o cabelo do menino, pois já está caindo sobre os olhos e impede que ele veja as coisas, os brinquedos, a comida, os lápis de cor. O plano é cuidar dele. Vamos de carro, que logo esquenta, e é bonito andar pelas ruas de terra e ver a chuva pela janela. Depois pegamos uma rua asfaltada e começam a aparecer as lojas, quase todas fechadas. Estacionamos em uma pracinha. Alberto pega o menino no colo e caminhamos até um bar em frente à barbearia. Me surpreende o fato de que lá dentro haja várias mesas ocupadas, não vimos ninguém no caminho. Atrás do balcão há uma garota que deve ser a garçonete. Apesar de fazermos sinais para ela, a garota está olhando para seu telefone e não viu que entramos, já nos sentamos e queremos pedir algo para beber. Passam-se alguns minutos. *Está se fazendo de boba*, diz Alberto. Pega o menino no colo mais uma vez e avisa que vão até a barbearia. *Peça o que você quiser, em meia hora estamos de volta*. Pela janela vejo-os caminhar sob a chuva e me dou conta de que estou sozinha num lugar público, pela primeira vez desde o acidente. A garçonete afinal me vê. Traz um cardápio e me explica que as coisas que estão sem preço terminaram. Leio devagar tudo o que há, mas acabo pedindo o mesmo das pessoas da mesa ao lado: uma torrada e uma Coca. Olho o preço das duas coisas, não sei se é muito ou pouco ou se está bem assim. A garçonete traz o pedido e logo volta ao balcão para continuar olhando seu telefone. Na mesa ao lado há uma família. Só ouço o pai falar, a mulher assente em silêncio e as filhas bocejam. Em outra mesa um casal toma café, os dois calados e sérios. Em outra, mais adiante, dois homens tomam cerveja e falam baixinho. Um deles, de costas para mim, tem a voz grave e pigarrenta, mas não consigo escutar o que diz. Lá fora, por um momento sai o sol, mas em seguida volta a ficar nublado e chove outra vez. Agora o pai da família da mesa ao lado chama a garçonete para pagar a conta. A garçonete não responde, ele grita *você pode vir até aqui para cobrar, por favor?* E embora fale *por favor*, é violento. O homem da voz grave se vira de repente e olha para mim. Na mesa ao lado, a garçonete entrega o troco e diz *que tempo louco*. Tem razão, o céu limpou outra vez e uns raios de sol iluminam a rua molhada. O homem da cerveja se levantou e agora se dirige à minha mesa. Olho para baixo esperando que desvie no caminho e se enfie no banheiro ou passe direto, mas vem diretamente à minha mesa e me estende a mão. Por um segundo, penso no que fazer e lhe estendo a mão. Ele aperta meus dedos com força. *Que milagre vê-la por aqui, dona Ana*, diz. *Estava justamente a ponto de ligar para o senhor Alberto, em Buenos Aires, por causa dos rodapés. Tive problemas e não pude passar na casa durante o verão, e depois vocês não apareceram por aqui. Que sorte encontrá-la, porque não quero que fiquem com uma má impressão de mim. Só teríamos que ajustar alguns preços e continuar. E vocês, vão bem?*

    Poderia dizer a ele que não faço ideia do que está me falando, que me deixaram sozinha aqui e nem sequer tenho dinheiro para pagar o que estou comendo. Mas acabo lhe dizendo que estamos bem e pergunto *como vai o senhor?* Ele me conta que andou tendo problemas de saúde, mas que já voltou a trabalhar. Eu gostaria de terminar minha torrada, mas fico quieta, assentindo com a cabeça. De repente fica em silêncio, até que diz *bem, não vou mais incomodá-la*. Parece uma despedida, mas ele fica me olhando e é constrangedor porque não sei o que dizer. *Bem*, diz ele. *Amanhã então dou uma passada na casa de vocês, até logo, dona Ana*. Como não sei seu nome, digo apenas *tchau, obrigado*. Ele repete com sua voz rouca *até logo, dona Ana, que passe bem, dona Ana*.

Tento enxergar a barbearia aqui de dentro, mas escureceu muito e não enxergo direito. Por que não fui com eles? Deixo intocado o último triângulo do sanduíche para que a garçonete ainda não venha me cobrar. Quando por fim Alberto e o menino chegam, tenho a impressão de ter esperado por eles a tarde inteira. Mas só se passaram trinta minutos.

Coisas que acontecem

Pai, mãe, irmãos! Ai! / Tudo no mundo perdi; / em meu coração partido / só amargas penas há / Pai, mãe, irmãos! Ai!
Pela manhã volto a pronunciar palavras de outros, versos, coisas que um dia aprendi, embora não lembre quando. Alberto já não se surpreende, se abstrai com o jornal, como todas as manhãs.

Hoje, depois do café da manhã, a chuva parou. Alberto sugeriu que nos abrigássemos bem e caminhássemos até a praia, mas, ao sairmos de casa, apareceu na porta o homem do bar. Apertou minha mão com a mesma força do dia anterior e ficou falando com Alberto por um longo tempo. Entendi que teríamos que adiar o passeio. Tirei o casaco. Alberto me pediu para esquentar o café que tinha sobrado. O menino começou a dar voltas entre eles e o homem acariciou sua cabeça e o chamou de campeão. Aceitou o café, mas não quis se sentar. Agora está há algum tempo parado com a xícara de café na mão, olhando para as paredes e o teto, como se com isso pudesse fazer um diagnóstico rápido de tudo o que falta ou está mal nesta casa.

O senhor Alberto me disse há pouco que a senhora esteve hospitalizada, diz, sem me olhar.

Procuro por Alberto, que desapareceu de vista sem que me desse conta.

Sim, por causa de um acidente na cabeça, respondo.

Coisas que acontecem, diz ele, deixando a xícara sobre a mesa, e tira do bolso uma trena e começa a medir a parede da sala.

Alberto aparece, ainda de casaco, e avisa que vai até a ferragem do centro. Deixa-nos com este homem como se fosse uma babá para o menino e para mim. Escuto o carro arrancar e se afastar pelas ruas de terra. Só espero que não demore para voltar. Me sento à mesa para escrever palavras nas margens do jornal. O homem trabalha em silêncio e o menino brinca no chão com uns carrinhos. Tudo parece estar tranquilo. Eu gostaria de escrever uns pensamentos assim: é uma tarde qualquer na mata e se escuta o canto de uns pássaros. Queria descrevê-los, contar como estes sons contrastam com o silêncio da tarde quente que aos poucos vira noite. Escrevo as palavras quero-quero, cigarra, tarde.

A voz rouca do homem me interrompe: *Dona Ana*, diz, *isto aqui a senhora queria continuar com uma cantoneira no mesmo tom, não?* Aponta para o arco que comunica a cozinha com a sala. Olho para ele sem dizer nada e ele logo entende que não faço ideia do que está me dizendo. *Não se preocupe, continue a fazer o que está fazendo, não quero incomodá-la.* Mas eu já larguei os papéis para atendê-lo e quando volto às palavras já não sei acrescentar outras.

Alberto lhe explicou o que acontece com minha memória?
Me disse algo, sim. Sinto muito.

Fico em silêncio. Ele fala sobre como é importante não desanimar quando se está com algum problema de saúde. Cita um escritor cujo nome não recorda e conta um caso semelhante ao meu que viu em um filme. O que ele diz não é interessante, mas sua voz tão grave faz tudo parecer mais profundo do que é. É um longo monólogo em que termina repetindo que as coisas sempre acontecem por algum motivo. Depois fica pensativo e acrescenta *talvez, quem sabe, o acidente serviu para arrancar toda aquela tristeza que a senhora tinha.*

Contusão

Às vezes acho que Alberto não quer falar comigo na frente do menino. Falar de meu problema, do que temos que fazer. *Logo você vai se tratar com profissionais muito bons*, diz, quando o menino não está por perto ou em cima de nós. Diz isso porque vê que não estou melhorando.
Você me diz isso porque vê que não estou melhorando. É que é tudo muito estranho. Ouço você falar enquanto dorme, e quando está acordada você também fala como se estivesse dormindo. Você se confunde muito com as palavras... se te perguntam algo, você fica em silêncio e só responde quando o assunto já é outro. É como se estivesse com a cabeça em outro lugar.
Já sei, e agora vejo que ele sabe, que também se dá conta de que não estou melhorando.
Você já se lembra de quando nosso filho nasceu? E do dia da sua formatura? E de nossos amigos?
Fico em silêncio porque não me lembro de nada. A voz de Alberto começa a ricochetear contra as paredes da casa, produz eco e o que diz perde sentido. Lá fora o vento dobra as árvores e bate nas janelas, o tempo todo assim. Dentro de sua cabana, as vizinhas devem estar preparando o jantar. Os cães já devem ter ido dormir perto da estufa. Estes cães que quase

me devoraram e acabaram se revelando tão mansos. Uma música entrecortada ocupa minha cabeça. O que é? Me provoca calafrios. Cantarolo um pouco e fico com vontade de chorar. Alberto me olha muito sério.
Você está me ouvindo, Ana?

Voltamos para a cidade. Antes de sairmos, Alberto deixou um bilhete para o carpinteiro, desligou as estufas e fechou portas e janelas com chaves e cadeados. Andamos em silêncio pela estrada. O menino dorme no banco traseiro. De minha janela tento ver as estrelas, embora o céu esteja nublado. Alberto dirige calado e sério. Tento ler uns outdoors iluminados ao lado da estrada. Conto a Alberto que vi uns panos vermelhos e uma cruz no meio do campo. Ele diz que é comum fazerem um pequeno santuário nos lugares em que aconteceu um acidente e alguém morreu. Pergunto para quê, ele não sabe. Supõe que sejam coisas que se fazem para marcar o lugar, para recordar o morto, para pedir aos santos que cuidem dele.
Por que você não dorme, não é melhor?
Estou bem assim. Gosto de ir olhando o caminho.
Mas o caminho não tem muita coisa para se ver. Ou melhor, não tem nada. Continuo acordada porque enquanto viajamos em silêncio posso lembrar de algumas coisas, a noite de meu último aniversário, por exemplo. O vestido que estava usando e a flor com que enfeitei o cabelo. A camisa de Alberto, a roupa nova do menino. Aquele salão cheio de gente e as luzes, as taças, o baile antes do acidente. Quando a bola espelhada caiu em minha cabeça não senti dor alguma. Vi as caras de todos se desfigurarem ao meu redor e a flor que trazia nos cabelos atirada no chão, aberta em uma dezena de pétalas.

Minhas pernas não conseguiram mais me segurar. Do chão, vi a bola de espelhos quicar e naquele instante senti como todos meus pensamentos se quebravam em milhões de partes. O que veio depois foi uma escuridão fria, sem pensamentos, que me arrastou como uma onda que retrocede, que volta para o fundo do oceano.

Olho outra vez pela janela, procurando a lua, alguma estrela.

SEGUNDA PARTE

Relíquias familiares

Sonho que escrevo com giz em uma lousa:
É um dia sel sol. As crianças dx casa prkctiiiiccmm solfejo cn sseus maeyaggf djsitttr rrrrrrrr. São crianços boaxns chin Mariii não eschh vão bsdraaakkk. Praa fellr o instrmmnnt ex trmbn atormnx nonnn akkaaaaaa.
Deitada, de olhos fechados, vejo as palavras. As primeiras aparecem inteiras, mas logo começam a se decompor, tornam-se mais curtas ou mais longas até ficarem ilegíveis. Formam parágrafos dos quais não consigo salvar nada. Me reviro entre os lençóis, tentando acordar. Quando abro os olhos, minha mãe e meu marido estão me olhando, ao lado da cama.
Filha, você está falando enquanto dorme. Está se sentindo bem? Que horas são?
É tarde. Fiquei conversando com Alberto depois do jantar e escutamos seus gemidos.
Não estava gemendo, estava tentando ler num sonho.
Ana, sua mãe estava me dizendo que precisa de uns documentos do seu escritório.
Não há pressa, venho outra hora, agora é melhor que você descanse. Já vou chamar um táxi para ir para casa. Ficou muito tarde. Filha, que pena que você não quis nem tocar na comida.
Que documentos?

Umas fotos, umas cartas e outras coisas que tua tia Sonia te emprestou. Me pediu para ver se já dava para devolvê-las. Eram coisas dos avós dela, sabe? Não me animei a entrar em teu escritório. Além disso, do jeito que está, seria como procurar uma agulha num palheiro. Depois você me dá essas coisas.

Qual é a tia Sonia?

A tia Sonia, filha! A irmã do teu pai, por Deus! Alberto, qual empresa de táxi é melhor chamar a esta hora?

A Rapitax funciona bastante bem.

Por que essas cartas estão comigo?

Por causa do livro, Ana.

Rapitax se escreve tudo junto? Você tem o número, Alberto? Não estou achando nos meus contatos.

Eu peço para você.

Ainda não terminei o livro. Ainda não posso devolver as cartas.

Alberto sai do quarto para chamar o táxi. Minha mãe se senta na cama a meu lado e faz um carinho em minha perna, por cima do lençol.

Filha, você está pensando em continuar com isso? Não me parece que seja o momento para um trabalho como esse.

Sinto o estômago revirar. Me levanto da cama só de camiseta e calcinha.

Acho que estou passando mal.

Minha mãe se oferece para me acompanhar ao banheiro.

Não é preciso, consigo fazer isso sozinha.

Me sento no vaso e pouco depois ela bate à porta.

Você está bem?

Sim.

Bem, o táxi chegou, vou embora. Qualquer coisa, me liguem. E, quando você puder, procuramos essas coisas da sua tia. Pense que são lembranças que seus avós guardavam dos avós deles. Relíquias familiares. Trate de descansar. Amanhã nos falamos.

Quando saio do banheiro, minha mãe já se foi. Alberto lê na cama, eu me deito a seu lado.
Está se sentindo melhor?
Um pouco amolada.
Por isso você não quis jantar?
Não quero que ninguém se meta em meu escritório sem minha permissão.
Mas em algum momento você vai ter de decidir o que fazer com todos aqueles documentos.
Preciso deles para o livro.
Alberto deixa de lado o livro que estava lendo e bufa. Fala que a maior parte dos documentos que juntei não me serviram para nada. Que já não sabe quantas caixas chegaram de bibliotecas e museus de La Plata, El Chaco e dezenas de pequenas cidades do interior de Buenos Aires. Jornais e papéis velhos que estão ali juntando ácaros. Que torrei o adiantamento da editora pagando as despesas de correio. E tudo se tornou ainda mais insuportável quando meus familiares resolveram colaborar e começaram a me mandar coisas de seus antepassados: fotos, cartas, recortes de jornais, escrituras, recibos de salários, recibos de impostos. Alberto se senta na cama e sua voz se torna mais potente. Programas de concertos, manuscritos com ambições literárias, carteiras de identidade. Diplomas, partituras, cadernos escolares, cartões postais. Carteiras de habilitação, cartões pessoais. Certificados de alistamento. Certidões de casamento. Certidões de nascimento, de óbito e sabe-se lá quantas coisas mais. Por estar ocupada com estes documentos, nunca conseguia me sentar para escrever, diz, e além disso deixei de me interessar pela casa e por meu trabalho na faculdade. Passava o dia às voltas com todos esses papéis, classificando-os e voltando a misturá-los. Ainda por cima comecei a dar voltas e mais voltas, pensando obsessivamente

no que minha família ia pensar quando lesse o livro, com essa expectativa equivocada que tinham a respeito dele. O que eles esperavam era um elogio, uma homenagem ao tataravô, uma história da família. Fui ficando sombria, diz Alberto, distante de todos, fechada em meus pensamentos. *Teu entusiasmo inicial se transformou num martírio.*

Os músicos

Agora afaste os cobertores. Ponha os pés no chão. Levante-se devagar. Saia do quarto e caminhe pelo corredor até o banheiro. Todas as manhãs, dou a mim mesma instruções para sair da cama. Antes disso fico um tempo deitada, pensando em nada, ouvindo a respiração de Alberto. Hoje Alberto não está, fala ao telefone do outro lado da porta. Eu o escuto sem abrir os olhos.
Não, não, não mudou muito. Não, pior. As imagens que o senhor tem são as últimas, sim. Com as ressonâncias a mesma coisa, bem... É difícil para ela, sim... Eu mesmo vou levá-la. Anoto... Ótimo, amanhã estaremos aí. Obrigado, sim. Obrigado.
No café da manhã me conta que um neuropsiquiatra andou olhando meus exames e que a partir de amanhã vou começar um tratamento recomendado por ele. Será longo, mas nada violento ou complicado. Vou participar de umas reuniões em grupo num centro de recuperação. Logo me darão detalhes. Ele vai me acompanhar de manhã e me deixar lá, depois um táxi me trará de volta. A tudo respondo dizendo que bom, que sim. Mónica retira as xícaras, dobra a toalha e passa um pano na mesa. Por que não espera que terminemos para fazer isso? O tempo todo está ali no meio com aquele paninho na mão. Alberto segue falando.

Os sintomas são compatíveis com o que se conhece como amnésia retrógrada. Mas nos novos exames não há nada, nada de nada.

Mónica se detém em uma mancha, esfrega o pano sobre algo que parece geleia grudada. Antes de sair, Alberto diz que confia em que vão descobrir qual é o problema, que amanhã estão nos esperando bem cedo.

Mónica acorda o menino, veste-o e lhe serve o leite. Ele me olha por cima do copo, como sempre. Eu permaneço imóvel, sentada no mesmo lugar desde o café da manhã, porque não sei o que fazer nem onde ficar.

Por que não vai descansar, dona Ana?

Acabei de me levantar, Mónica.

Vou até o escritório, me fecho lá com o pó, as caixas, os cadernos e os papéis velhos. Faço o teste de ler a primeira coisa que aparece e me alegro porque hoje consigo terminar frases inteiras, ainda que muito lentamente. Como dormi muito à noite, talvez minha cabeça tenha conseguido se recuperar um pouco. Em uma folha amarelada, leio:

1 Flautim em Ré bemol
2 Flautas em Dó
6 Clarinetes em Si bemol
2 Clarinetes-contraltos em Mi bemol
4 Cornes ingleses em Mi bemol
3 Trompetes em Si bemol
2 Trompas en Mi bemol
2 Trombones Tenores
1 Bombardino en Mi bemol
1 Conjunto de 3 Timbales
1 Tambor
1 Par de pratos

Imagino os músicos desta formação. Vejo-os atravessando a grama queimada, sufocados sob o uniforme, carregando cada um seu instrumento. Murmuram coisas incompreensíveis, tontos de calor. *Não consigo continuar,* diz um dos trombonistas. *Não desista agora, meu filho, ou quer ficar aqui para ser comido pelos selvagens?*, diz aquele que carrega um sabre e uma batuta, o regente da banda, meu tataravô.

Batem à porta do escritório. Já é quase noite. Alberto me cumprimenta no corredor com um beijo.

Você ficou trancada aí o dia inteiro?

Consegui ler uma lista inteira de instrumentos, muito comprida. E depois fiquei imaginando os músicos do exército.

Travo ao tentar lhe explicar a cena.

Ele sugere que hoje eu não faça mais nenhum esforço e que jantemos cedo, porque amanhã começa o tratamento e teremos que madrugar.

O tratamento

Estou numa roda de pacientes sentados em cadeiras de plástico. O neuropsiquiatra que coordena a reunião parece mais um pediatra ou um animador de festas infantis. Antes de me trazer, Alberto leu para mim, em seu telefone, que a neuropsiquiatria trabalha com os transtornos do sistema nervoso, incluindo os transtornos psiquiátricos como a depressão, a mania, a alteração da personalidade e outros fenômenos como a amnésia. Todos os pacientes têm que se apresentar e dizer algo sobre si mesmos quando chegam no grupo. Como cheguei hoje, é a mim que toca falar.
Estou escrevendo um livro.
O médico diz que isso é muito, muito interessante e me pergunta do que trata o livro. *Da conquista do Chaco, há uns cem anos ou mais.* E ao falar penso em como é ruim falar sobre isso com gente que não conheço e a quem o assunto não interessa. Um deles faz movimentos espásticos com a cabeça, outra senhora começa a dormir e acorda repentinamente a cada dez segundos, outro olha para o chão e retorce as mãos. Um outro nem sequer parece estar neste mundo.
O que olha para o chão e retorce as mãos pergunta ao médico por que falo assim. O médico responde que estou em tratamento para me recuperar, como todos eles, e nos propõe um

exercício que consiste em falar sobre um personagem famoso. Ninguém responde. A mulher que dorme se chama Marta. Sei disso porque o médico a chama, *Marta, Marta,* e ela acorda. *Você poderia nos falar sobre um personagem famoso?* Marta diz que sim e começa a falar pausadamente, respirando profundamente entre as frases. Mas não fala sobre ninguém famoso. Diz que gosta de flores. Que em sua casa enche tudo de flores, de gerânios, de gladíolos, de açucenas, crisântemos. O médico lhe pergunta em que lugar da casa ela põe as flores, e ela responde no quarto, na sala, na cozinha. Eu a interrompo para perguntar sobre qual personagem famoso ela está falando e o médico diz que tudo bem com meu comentário e pede que eu conte a eles sobre um personagem famoso. Penso, mas não me ocorre nenhum, não me lembro de personagens famosos. Falo de meu tataravô, um músico militar que regeu a banda do exército na campanha do Chaco. O homem dos movimentos espásticos diz que há pouco já falei do mesmo assunto, mas o médico me pede para continuar. Começo a contar-lhes os sonhos que tive no hospital, a banda de músicos militares e a menina que os regia. O espástico volta a interromper, *vamos, querida, não temos o dia inteiro*. O médico lhe faz notar que, se continuar a ser tão descortês comigo, todos nós vamos sair daqui tristes. Faz-se um silêncio. Todos me olham, eu não abaixo a cabeça. O médico sorri para mim. Marta acorda e volta a falar algo sobre as flores. Isso parece não chamar a atenção dos demais. O que retorce as mãos me pergunta se já conheci alguém famoso. Fico um tempo calada e depois digo que não sei, que acho que não.

A sessão continua. Eu continuo sentada esperando que tudo isso termine para atravessar a porta de saída. Sair daqui e caminhar muitas quadras. Caminhar rápido, mesmo que machuque os pés. Esquecer que vim até aqui, que esta manhã existiu, e esquecer estas pessoas.

Raio de luz

Ao voltar do centro de recuperação, me deito um pouco, até que Mónica traga o menino da escola. Olho para o teto, sem pensar em nada. Depois imagino que vou à galeria da rua Brasil e encontro o vendedor. Eu o abordo com uma desculpa qualquer, que o alisador já não funciona ou que quero comprar outro aparelho. Isso não importa. Nós nos olhamos. Ele entende tudo, ainda que não diga isso para si mesmo, sabe como me sinto e o que está acontecendo comigo. Sabe o que fazer. Me acaricia os ombros e beija minha testa. Com ele não tenho medo de falar, de pronunciar palavras que não tenham sentido ou que não sejam as que queria dizer. Não sei seu nome e ele não sabe o meu. Não é preciso, me afundo em seu peito. Ficamos entrelaçados, recostados, beijando-nos e falando entre sussurros.

Quando Mónica e o menino chegam, tudo desaparece.

Eu os ouço chegar, primeiro o barulho das chaves, os passos do menino correndo até a cozinha, a voz de Mónica dizendo *vai lá dar um oi pra sua mãe*. Então o menino caminha devagar até o meu quarto, entra timidamente e eu lhe faço um sinal para que suba na cama. E ficamos os dois recostados por um tempo, olhando para as partículas brilhantes de pó no raio de luz que entra pelo postigo. Até Mónica nos chamar para almoçar.

As perguntas

Chegamos alguns minutos antes da sessão. Na frente do médico, Alberto se despediu de mim com um beijo na fronte. Eu fui direto ao banheiro, me olhei no espelho, molhei o rosto e a nuca. Quando saí, estavam todos me esperando. De novo estou sentada neste círculo, junto a estas pessoas transtornadas, respondendo a perguntas escolares. O que fizemos no fim de semana, nossos pratos favoritos, os países que gostaríamos de conhecer. A esta hora Mónica deve estar em casa passando roupa e vendo TV na cozinha. Às vezes ela a liga num volume tão alto que dá a impressão de ser surda. Depois vai buscar o menino na escola e comprar as coisas para fazer o almoço. Mónica sabe fazer muitas coisas com batatas: *tortilla*, batatas fritas, purê. Ontem ela disse que o purê é uma coisa boa porque significa lar.

É assim, Ana?, pergunta o médico. Todos estão em silêncio e olham para mim. Assinto com a cabeça sem saber o que é que é assim. O médico faz uma anotação. *Não sei, na verdade não sei*, digo. E peço para ir ao banheiro mais uma vez. Lá dentro, volto a me olhar no espelho, a molhar a nuca, a lavar o rosto. Uma assistente da clínica entra para perguntar se estou me sentindo bem e compreendo que tenho que voltar para o círculo. *Então, Ana, você tem alguma receita ou algo que queira dividir conosco?* o médico pergunta quando me sento. *Eu estava escrevendo um livro*, digo. *Merda pura*, diz o espástico. O médico lembra a ele que a regra principal do grupo é dialogar sem agressões ou insultos. Marta, a senhora que dorme, pergunta como me ocorreu a história do livro. Conto-lhe de meu parente militar, meu tataravô músico que participou da campanha do Chaco como regente de banda, enquanto arrasavam as tribos guaicurus. O espástico diz que isso aconteceu nas Malvinas. *Não*, responde o médico, *isso que ela está contando foi cem anos antes. Mas ela ainda não tinha nascido*, diz o que retorce as mãos, numa voz muito baixa, mas que todos escutamos. *É claro que ela não havia nascido*, diz o médico. E todos voltamos a ficar em silêncio. O médico propõe que continuem a me fazer perguntas porque isso vai ser bom para me conhecerem um pouco mais.

Quantos andares tem seu edifício?, pergunta Marta.

Fico em silêncio, esperando que o médico diga que essa pergunta não serve para nada, ou algo assim. Mas, pelo contrário, ele e todos me olham com expectativa.

Não sei, não cheguei a contar... dez ou doze, digo.

Mas são muitos andares! responde Marta.

É verdade, Marta, são muitos, sorri o médico.

Depois nos propõe uma atividade. Distribui algumas revistas e pede para sublinharmos as reportagens que nos pareçam mais interessantes e assinalar as palavras que nos chamem a atenção. Na minha, sublinho o título "O prazer de viajar". Destaco as palavras avião, aventura e amenidades, porque começam com A. Quando terminamos, já não há tempo para fazer mais nada. O médico pede que devolvamos as revistas e as canetas antes de irmos embora. Marta e o espástico estavam saindo com elas.

O Trem Misto

Hoje de manhã não vou poder te acompanhar, diz Alberto. *Você vai esperar que o táxi venha te buscar, vai informar o endereço do centro médico, deixo anotado aqui pra você, e quando chegar lá vai pagar o que estiver marcado no taxímetro.*
Consigo ler de uma vez só o endereço anotado no papel. Enquanto termina de se vestir, ele me explica que tem uma reunião muito importante, e que se meus exames não estivessem sendo tão bons não teria pensado em me deixar sair sozinha. Está na hora de, aos poucos, voltar a fazer minhas coisas. Não há motivos médicos que me impeçam de fazer isso. Me deixa umas quantas cédulas sobre a mesa de cabeceira, me beija na cabeça, diz que vou ficar bem e sai.
Ainda na cama, debaixo dos cobertores, calculo quanto tempo tenho para sair. Uma hora, talvez um pouco mais. Tento dormir mais um pouco, mas não durmo, penso frases, o que vou dizer ao taxista, o que direi depois às pessoas do grupo. Penso em cada uma das palavras que vou usar.
Escuto Mónica fazer as primeiras tarefas do dia lá fora.
Me levanto e tiro a camisola. O sutiã está na primeira gaveta do roupeiro e as meias na segunda. Minha calça está estendida sobre uma cadeira, procuro uma camisa em meio aos cabides e meus tênis estão ao lado da cama. Ao sair do quarto,

erro a direção do banheiro e apareço na cozinha. Mónica me cumprimenta e me oferece um café. *Ainda estou com um pouco de sono, Mónica.*

O taxista toca a campainha exatamente na hora que Alberto combinou. Estou com tudo, os documentos, o dinheiro, já de casaco. Mas dentro do táxi me dou conta de que deixei o papel com o endereço em cima da cama e peço que, por favor, me leve a Constitución, a uma galeria que fica atrás da estação, na rua Brasil.

Na entrada da galeria, há um cachorro imundo bocejando. Há um pouco de sol. Parada aqui não reconheço nada, poucas lojas estão abertas, e me pergunto se não terei me enganado de lugar. Caminho olhando para cada um dos estabelecimentos. Há um, fechado, que poderia ser o do alisador, mas não tenho certeza. Chego até o fundo escuro da galeria, onde há um homem dormindo, coberto com caixas de papelão. Não o vejo até tropeçar nele. Num único impulso, dou a volta e regresso à entrada da galeria o mais rápido que posso. Paro na calçada, respiro, penso em que direção deveria caminhar para conseguir outro táxi. O cachorro segue atirado ali, uma menina com igual aspecto de abandono acaricia sua cabeça. Vê que olho para ela. Me mostra uma sacola de nylon da qual retira um pacote de lenços de papel. *Compra um?* diz. Procuro entre as cédulas que estão no bolso do casaco e tiro uma de quinhentos, *está bem assim?* A menina pega o dinheiro e se afasta caminhando. O cachorro se levanta, sacode a cabeça e a segue. Vejo-os cruzar a rua em direção à estação de trens e cruzo-a depois deles. Caminham pelo enorme hall da estação Constitución. Eu os sigo, uns metros atrás. O sol entra partido pelas janelas do teto. A cada passo penso que vou perdê-los de vista, mas voltam a aparecer. As pessoas aqui dentro se movem como em uma maré que renasce todo o tempo. Ali vai o

cachorro, mais adiante a menina. Para onde vão? Param entre um jornaleiro e um vendedor de doces. A menina conta algumas cédulas e acaricia a cabeça do cachorro. Me aproximo. Digo que quero falar com ela. Ela me olha calada. *Onde podemos ir?*, pergunto. Não responde.
Você quer comer alguma coisa?
Bem...
Pego-a pela mão, levo-a até a rua e procuro um bar em que possamos nos sentar. Entramos numa pizzaria em frente à estação e o cachorro fica na porta. Peço uma pizza grande e duas Cocas, e, embora ainda seja cedo para o almoço, me dou conta de que nós duas estamos com fome. A menina come dando grandes mordidas e eu também, deixo os talheres de lado e cubro a borda da porção com papel para não me sujar tanto. Ela logo suja as duas mãozinhas e a boca com molho de tomate. Dou a ela um guardanapo para que se limpe, mas tudo que consegue é espalhar ainda mais a sujeira.
Onde você nasceu?
Ela fica em silêncio, acho que não me entende. De tanto em tanto olha para o cachorro na calçada.
Você mora aqui perto?
Num lugar.
Com quem você mora, com seus papais?
...
Quem é que cuida de você?
...
Quantos anos você tem?
Sete.
Você não vai à escola?
Agora não.
Você sabe ler?

Algumas coisas. "O trem mis-to", diz, mostrando um letreiro numa das paredes da pizzaria.

Eu também tento juntar as letras da parede, mas agora me custa muito fazer isso.

Você entende o que estou dizendo?

Como?

Pergunto se dá para entender quando falo.

Nem tudo.

Eu sofri um acidente e agora, às vezes, me engano. Me parece que não sei como voltar para minha casa.

Posso pegar outro pedaço de pizza?

Sim.

Posso levar um para o Toto?

Quem é o Toto?

Meu cachorro.

A menina se levanta com meia porção de pizza na boca e outra, inteira, na mão, me diz tchau e vai embora.

Na mesa ao lado, um homem que bebe vinho me olha. Tem os olhos avermelhados e parece me dizer com o olhar você está perdida, não sabe onde está. Eu lhe respondo em pensamento que sei, sim; saindo daqui e cruzando a rua fica a estação de trem, e descendo umas escadas posso pegar o metrô. Mas você não sabe que metrô pegar nem onde descer, diz ele com o olhar. E eu abaixo os olhos porque ele tem razão.

Não contei a ninguém sobre minha viagem até Constitución, nem sobre como foi difícil voltar para casa. Como, depois de pagar ao garçom e cruzar a rua até a estação, desci as escadas e caminhei pelos corredores me esquivando de uma maré de gente apressada. Nem que fiquei parada sem saber que metrô pegar nem como conseguir o bilhete para passar pela catraca. Um homem parou e me fez passar com seu bilhete.

Quando me perguntou para onde ia, todas as casas em que morei passaram por minha memória como num filme acelerado, desbotado.
Qual é o nome da rua em que você mora?, perguntou.
Bonifacio, consegui dizer.
Isso fica na região de Flores ou Caballito, pegue este e faça uma baldeação para a linha A na Avenida de Mayo, para o lado de San Pedrito. Não posso acompanhá-la, se você se perder peça ajuda a um policial.
Fiz a viagem como ele me indicou, lendo as placas com dificuldade, mas, assim que peguei a linha A, não soube em que estação devia descer. Desci em Puán porque era a que me soava mais familiar, e na saída do metrô perguntei a uma senhora sobre a rua Bonifacio. Tive que repetir a pergunta duas ou três vezes porque não entendia, afinal me disse para caminhar direto pela Puán umas cinco quadras, até chegar à Bonifacio. Fui lendo as placas da rua letra por letra, tentando reconhecer as lojas e as casas. Na Bonifacio não sabia se tinha de dobrar à direita ou à esquerda. Fiquei parada, e pouco depois apareceu a mulher que Mónica e eu tínhamos visto na praça um tempo atrás. A vizinha do terceiro.
Oi, Ana!
Oi!, respondi, e caminhamos juntas até chegar a nosso edifício.
Me perguntou se estava bem, falou de nossos filhos, de como estavam grandes, perguntou por Alberto. Eu não consegui responder nada. Sentia os músculos cansados, a vista enevoada. No elevador, pedi a ela para marcar o andar de meu apartamento. O tempo ali dentro pareceu interminável. Quando Mónica abriu a porta do apartamento, fui direto para o meu quarto e desabei na cama.

A *amiga*

Uns dias antes de viajar para a casa da praia, uma amiga me ligou. Queria vir me visitar, mas naquela tarde estava chovendo muito forte e acabou desistindo. Me incomodou falar por telefone, embora quase não tenha precisado dizer nada. Depois de perguntar como estava me sentindo, começou a falar sem parar. Reconheci perfeitamente sua voz, mas não consegui imaginar seu rosto. Me explicou tudo a respeito de meu trabalho na faculdade, as disputas políticas, o que estava acontecendo em minha ausência. Nada disso me afetou. A cada coisa que ela me contava, eu dizia muito obrigada. Falou de um congresso em Mendoza ao qual vamos quase todos os anos. Mencionou pessoas com nomes e sobrenomes e títulos de livros. Falou de sua apresentação e perguntou pela minha.
Estou escrevendo um livro e não poderei ir, eu disse.
Pensei que você o tivesse abandonado, disse ela, e continuou a me falar sobre o assunto de sua conferência deste ano. O título seria "Ainda há futuro para a arte política?", e, depois de me explicar as ideias principais, me pediu licença para ler as primeiras páginas. Em determinado momento, passei o telefone para Mónica e me aninhei na poltrona. E, enquanto adormecia, escrevi mentalmente uma carta para o vendedor da rua Brasil que falava de suas mãos, de meu ferimento, dos nomes

das coisas e de sua voz. Mónica ficou escutando minha amiga o máximo que pôde, depois se desculpou e lhe pediu para ligar em outro momento.

Essa mesma amiga ligou hoje para vir me visitar. Alberto me avisou esta manhã, antes de me deixar no centro de recuperação. Mas eu não quero vê-la, pensei. A única coisa que quero fazer quando chego em casa é me enfiar no escritório e recordar as coisas que pensava em escrever antes do acidente. Anotar palavras em algum papel. Hoje estou conseguindo combinar as palavras, construir frases inteiras, e se alguma não me agrada eu a risco e troco por outra. Esta tarde escrevi:

"~~Meu cachorro se chama Toto, com ele cacei capivaras para o jantar.~~"
"Quero ir para o mato, de onde nunca ~~me~~ tinham que ter me tirado."
"Era a tarde e a aurora nos alagadiços."

Mónica bate à porta de meu escritório para avisar que minha amiga já chegou e está esperando na sala. Eu largo os papéis e chego devagar.

Ana, querida! diz ela. É uma mulher da minha idade, de cabelo encaracolado, alta, de corpo delgado, e sorri muito.

Querida, você não sabe como senti sua falta.

Eu também, digo, mecanicamente.

Algo em seu rosto me soa familiar, talvez os olhos ou o sorriso, mas se junto tudo: olhos, boca, cabelo, nariz, não consigo reconhecê-la. Ela diz que acha que estou muito bem e pergunta se mudei o penteado. *Mudou sozinho*, respondo. Ela tem o sorriso pregado no rosto.

E como você está?, pergunta.

Eu deveria ser sincera e lhe explicar como puder que não vou conseguir continuar esta conversa. Em vez disso, escuto minha voz dizendo que por sorte não tenho lesões no cérebro. *Isso é muito bom*, diz. Me conta que na noite da festa, quando a ambulância me levou, todos ficaram atônitos. Que tudo se passou em um instante, a música, as risadas, e de repente tudo mudou. Ela não viu a bola de vidro cair, mas escutou uma batida e viu meu corpo esparramado na pista de dança. *Parecia um sonho ruim*, diz. Nós duas ficamos em silêncio, creio que recordando a mesma coisa, embora de forma diferente. De repente, ela pergunta:

Você não está abrindo os e-mails, não é?

Não, é que ando muito ocupada.

Você sabe que a última coisa que me interessa neste mundo são as putarias da faculdade. Mas a tua cadeira, meu bem, é um ninho de cobras. Sei que Alberto já apresentou os papéis para conseguir tua licença. Mesmo assim, Ana, talvez fosse conveniente que você fosse a alguma das reuniões. Se estiver se sentindo bem, claro.

Enquanto fala, seus gestos vão ficando mais duros, suas sobrancelhas se erguem ao terminar cada frase. Durante os últimos momentos de sua fala, vieram-me à cabeça uns versos e senti necessidade de dizê-los em voz alta para poder escutá-los:

Era a tarde, e a hora, em que o sol o cume doura, dos Andes. O Deserto, incomensurável, aberto e misterioso, a seus pés se estende; triste o semblante, solitário e taciturno, como o mar...

Ela me olha, pensativa. Depois diz, como se estivesse a recitar:

Triste o semblante, solitário e taciturno como o mar, quando um instante o crepúsculo noturno limita a sua altivez.

Me olha sorridente, parece estar esperando outro verso, como se fosse uma charada, um jogo.

Não é um poema meu, não?

Como assim, um poema seu?

Não é meu?
É A cativa. É de Echeverría.
Mónica nos traz um chá com bolachinhas. Nós o bebemos em silêncio. Ela dando pequenos goles, eu quase de um trago.
Gostaria de voltar a meu escritório e continuar trabalhando.
Minha amiga baixa a xícara devagar, de sua boca até o pratinho apoiado na mesa.
Ana, você quer que eu vá embora?
Sim. Por favor.
Ela se levanta, pede a Mónica seu casaco e se despede. Eu volto ao escritório e fecho a porta. A luz da tarde que antes entrava pela janela já se foi, e tudo ficou na penumbra. Acendo a lâmpada e me concentro no papel que larguei há pouco. Escrevo:
"*Ninho de cobras.*"
Mas depois risco. Fico escrevendo até tarde.
"*Fogo nos alagadiços, corpos espalhados na hora em que o sol o cume...*"

As caixas

Esta tarde o correio chegou com um pacote em meu nome. Mónica atendeu, *É para a senhora,* disse, *tem que ir lá embaixo para assinar.* Na porta de entrada, um rapaz com uma roupa roxa me entregou uma caixa de papelão fechada com fita adesiva e apontou para uma pequena cruz desenhada em uma planilha. *Tem que botar o seu nome,* disse. Com sua caneta escrevi Ana e voltei ao apartamento com o pacote.

Pus a caixa em cima da mesa da sala e agora olho para ela tentando adivinhar o que pode haver ali dentro.

Não quer uma tesoura para cortar a fita?

Bem...

Mónica traz uma tesoura da cozinha, abre a caixa e a passa para mim. Dentro dela, há um envelope cheio de cartões postais que parecem pintados à mão. Mostram grupos de índios posando como guerreiros raivosos, com lanças, arcos e flechas. Em outros postais aparecem famílias de índios, adultos e crianças, olhando para a câmera numa atitude submissa. Fico olhando as expressões dessa gente nos postais, são poses forçadas, e o olhar de todos está perdido, os olhos como se estivessem vazios. No verso de alguns deles, pode-se ler, bem apagado, "Lembrança do Chaco, República Argentina".

Quando foi que encomendou isso?, pergunta Mónica.

Não sei.
Só pode ter sido antes do acidente. É incrível como o correio consegue atrasar.
Diz também que, se vão chegar outras caixas, com mais razão ainda é preciso arranjar lugar no escritório. Ela achava que as últimas encomendas já tinham chegado, mas pelo visto não foi assim.
No pacote encontro também uma revista de arquivos fotográficos. Peço a Mónica que leia a contracapa para mim.
"Estas imagens pertencem à coleção Registro Gráfico. Trata-se de reproduções dos primeiros cartões postais fotográficos argentinos do século XX. Os postais de índios inscrevem-se no universo dos postais etnográficos ou exóticos: elaboram um estereótipo imerso numa natureza indômita, distante do contato cultural e da modernidade."

Pergunto o que quer dizer indômita. Mónica diz que não lembra, que poderia procurar o que significa, mas não quer se atrasar com a montanha de roupa que precisa passar. Peço-lhe que antes disso me ajude a encontrar lugar para estes papéis novos e nos metemos no escritório.
Está vendo o que eu falei? Aqui está tudo de pernas para o ar, como se tivesse acontecido uma guerra. A senhora ainda não examinou essas caixas todas que não foram guardadas, acho que só aquelas empilhadas contra a parede é que estão etiquetadas.
Podemos examiná-las agora.
É que ainda tenho as roupas para passar, veja só que horas são.
Não quero jogar nada fora. Quero continuar a fazer o que estava fazendo.
Este é um cômodo grande, lindo, é uma pena que esteja assim.
Sim.

Se a senhora me disser que coisas não servem mais, me ocupo de tudo nos próximos dias.

Acontece que tenho de terminar o livro. Você pode me ajudar a fazer isso?

A fazer o quê?

A escrever o livro.

A senhora é que sabe, dona Ana. Mas outro dia, agora já tenho que sair.

Falar

Falar para sarar, diz o médico coordenador. Mais uma vez chegou minha vez de falar na roda de pacientes. Não sei por onde começar. Olho para estas pessoas sentadas sempre no mesmo lugar. O coordenador propõe assuntos para a conversa, mas muitas vezes fracassa, como hoje, que ninguém entende o que pediu. Pediu que falássemos sobre as coisas que gostaríamos de incorporar a nossas vidas. Não devíamos pensar só em coisas materiais, mas também naquelas relacionadas com os afetos e os desejos. Ninguém soube direito o que dizer. Agora é minha vez.

Sou a mais jovem deste grupo, embora aqui não se note muito a idade. São todos muito diferentes. Marta é roliça, usa roupas com estampados fortes, tem o cabelo tingido de uma cor alaranjada e os lábios pintados de rosa, vermelho ou fúcsia, conforme o dia. O espástico deve ter uns cinquenta e tantos, soube hoje que se chama Álvaro. É magro, de traços pontiagudos, sempre nervoso. Seus olhos são redondos e azuis, e brilham muito quando chegam os espasmos. O que retorce as mãos deve ter mais de setenta e se chama Gregorio. É um homem bem moreno, com boca e nariz grandes, de cabelo grisalho e olhos negros, encovados, o olhar triste e cansado. Seu rosto se parece aos retratos de índios nos meus postais.

Quanto mais eu o olho, mais parecido com eles eu o acho. O outro se chama Lucas, às vezes parece um menino, embora as marcas em seu rosto sejam de alguém mais velho. É o mais perdido de nós, quase não fala, tampouco exigem isso dele. Às vezes começa a babar e uma enfermeira vem limpar seu rosto, às vezes ri por causa de algum pensamento que teve, um lindo sorriso, quase sempre deixa cair a cabeça sobre o ombro e olha para o teto durante toda a sessão. Lucas usa roupa esportiva, o cabelo arrumado, penteado para o lado. Imagino que tenha uma velha mãe que o veste e o penteia.

O médico fala que, se eu precisar de um tempo para pensar o que dizer, outra pessoa pode continuar, e olha para o homem que retorce as mãos.

Faz muito tempo que Gregorio não nos conta nada, não é, Gregorio?

Ele não responde, sorri timidamente e olha para baixo. O médico insiste.

Podia ser alguma daquelas histórias que você nos contava antes. Agora não. Outro dia pode ser. É melhor que ela fale, diz, e aponta para mim.

Me ajeito na cadeira e falo de meu tataravô militar, da menina toba e da história de meu livro. Todos parecem se cansar rápido, mas, depois, como não há outra coisa para fazer, acomodam-se nas cadeiras para me ouvir. Faço um grande esforço para ordenar os fatos, contar coisas que façam sentido. Às vezes uso as mãos para me ajudar, não são gestos precisos, mas o fato de mexê-las me dá um impulso para terminar as frases. Não sei bem como, mas de repente estou falando com desenvoltura. Formo orações longas e consigo organizar aquilo que conto. Todos me olham, estão atentos. Me desconcentro. O que estava dizendo? Faço uma pausa. Olho para os ladrilhos do piso, um branco, um preto, um branco. Falo por dentro e

começo outra vez. Gregorio, o homem que retorce as mãos, me interrompe. O que será que vai dizer? Fala tão baixinho, sua voz parece oca, as palavras são como vibrações cortadas. Entendo que está me perguntando algo, algo assim como por que não vais? por que Jonas?
Por que choras?
Toco meu rosto, estou empapada de lágrimas. Também no pescoço e no peito.
Falei por quanto tempo? pergunto ao médico coordenador. *Quantas palavras eu disse?*
Poucas, ele responde, *mas muito interessantes.*

O sonho

À tarde tive um sonho. Via tudo pela primeira vez. Tudo me surpreendia: uma toalha, uns talheres, um pássaro enjaulado. Em outro cômodo alguém tocava um piano. Eu estava com os pés metidos numas botas com cadarço. Não reconhecia o vestido que usava nem reconhecia minhas mãos, que eram bem morenas. Mónica me acordou, tinha preparado o leite do menino e um chá para mim.
   Sentamo-nos os três à mesa da cozinha. Para elogiá-la, digo que o chá está delicioso, embora não sinta o gosto de nada. Ela está concentrada na criança, limpa o leite que tinha ficado nele como um bigode e unta as torradas com manteiga. Olho para minhas mãos segurando a xícara, tão brancas e pálidas despontando nos punhos do pulôver escuro que estou usando. *Tive um sonho muito estranho*, digo, e começo a contá-lo para Mónica. Ela deixa a faca sobre o prato e me olha nos olhos, pergunta se estou me sentindo bem. *Sim, estou bem*, respondo, e volto ao relato do sonho, porque ainda está muito vívido em minha cabeça e não quero perdê-lo. Mónica continua a me olhar muito séria.
   O que está acontecendo com a senhora?
   Por quê?
   Me diga qualquer coisa. O que gosta de comer, o que fez hoje.
   Hoje estive no centro de recuperação. Depois, à tarde, tive um sonho...

Tudo que digo a assusta. Com a boca toda suja de leite, o menino pede mais torradas, mas Mónica o ignora. Sai da cozinha e, de seu celular, liga para Alberto.

Não consigo ouvir tudo que diz, mas é óbvio que alguma coisa não está bem. *Como se estivesse falando em outra língua,* diz, *não dá para entender nada.*
O menino começa a chorar. Termino de untar a torrada que sobrou no prato e dou-a para ele. Finalmente se cala. Vou até a sala para procurar Mónica.
Mónica, eu estou me sentindo bem.
Ela me olha com o telefone na mão. *Agora está falando normalmente!* Ela me manda falar outra coisa.
Estou bem, digo, *fiquem tranquilos.*
E ela, ao telefone: *sim, sim, normal, agora normal... não sei, normal! Sim.*

Segundo Mónica, acordei da sesta falando *completamente em outra língua.* Alberto voltou para casa mais cedo e não parou de me olhar desde que chegou. Diz que ligou para a clínica e que não é preciso ir até o plantão da emergência, mas que amanhã, com certeza, terei de fazer uma nova tomografia. Durante o jantar, continua tão atento a todos os meus movimentos que quase não come.
Antes de dormir me faz prometer que, se chegar a me sentir mal, vou acordá-lo. *Agora vamos tratar de descansar, até amanhã,* diz, e apaga a luz.
Na escuridão de nosso quarto, quieta na cama, penso que Alberto já não sabe quem sou, quem é esta que mora em sua casa, esta que agora ele enxerga como uma inválida. E que eu tampouco sei quem é. Também penso que não devo dormir sestas tão longas porque à noite fico sem sono.

Trança de índia

Para podermos nos mexer em meu escritório, temos que ir afastando as caixas com os pés. Algumas estão empilhadas, outras ocupam o chão sem ordem alguma. Mónica me conta que, para etiquetar e arquivar cada uma destas caixas, tivemos que examinar o conteúdo de uns sete pacotes. Foi um trabalho de meses, eu me detinha por horas e até dias inteiros em cada documento antes de decidir se o jogaria fora ou o guardaria. Diz que, se eu quiser que ela me ajude com o livro, primeiro é preciso liberar algum espaço aqui dentro. Sacode as calças cheias de pó, pega uma pilha de papéis de cima de uma banqueta e se senta, apoiando-os nas pernas.

Escolho uma das caixas, mas é muito pesada e a deixo no chão outra vez. Pego outra ao acaso, muito mais leve. Coloco-a em cima de uma cadeira. *Vamos começar por esta.* Mónica passa um pano na tampa da caixa, eu a abro. Nós duas olhamos para dentro dela com curiosidade.

E isto? pergunta Mónica.

Não sei o que poderia ser. Um papel delicado e transparente deixa ver um certo volume dobrado sobre si mesmo, como uma serpente adormecida no fundo da caixa. Mónica dá um passo para trás. Abro o embrulho com cuidado. Seja o que for, seguramente é algo muito antigo.

E isso o que é? Mónica pergunta outra vez.
Lentamente retiro dali uma longa trança de cabelos pretos.
Uma trança de cabelo humano.
Isso é cabelo de morto!, diz Mónica, num grito.
Tem razão. No embrulho vejo um cartão escrito com tinta preta numa caligrafia bem fina: "Trança da china María. 2 de janeiro de 1934".
Vamos deixar isso aí, senhora, não gosto nada disso. Vamos deixar isso aí até que o senhor Alberto chegue.
Fechamos o escritório e ficamos na cozinha o resto do dia.

Quando Alberto chega, os dois conversam. Mónica lhe conta da trança, diz que eu não falei nada durante quase toda a tarde e que estava com o olhar perdido. Alberto me olha como se quisesse me atravessar para ver o meu cérebro.
Ana, meu amor. Olhe, vamos ter que arrumar seu escritório. Não é saudável para você passar tanto tempo entre ácaros e coisas de mortos.
Mónica pergunta a Alberto se ele acredita em espíritos. Ele fica calado, olha para ela e olha para mim, parece não ter resposta para isso. Passa a mão na testa e depois de um tempo diz que não acredita em fantasmas nem em espíritos, mas sim na loucura. Pede uma aspirina. Mónica a traz em seguida, com um copo d'água. E os dois falam de mim e planejam a limpeza que farão em meu escritório nos próximos dias, como se eu não os escutasse, como se não estivesse aqui.
Esses papéis são meus. Preciso deles.
Brota de dentro de mim um choro que não me deixa prosseguir. Ele me abraça.
Calma, Ana. Está tudo bem, fique tranquila.

À noite, mais uma vez, não consigo dormir. Alberto ronca com a cabeça enfiada no travesseiro. Num impulso me levanto e caminho até o escritório. Abro a porta e acendo a luz. A trança está no mesmo lugar em que a deixamos. Me agacho para vê-la melhor. Me pergunto como pôde se conservar assim por tantos anos. Vê-se que é um cabelo muito forte, grosso e resistente. Pego-a com cuidado e a levo até o banheiro. Procuro umas presilhas e a amarro ao meu cabelo, acima da nuca. Me olho no espelho. *Quem é você?* Embora a trança contraste com a cor de minha pele e de meu próprio cabelo, parece nascer de minha cabeça. Bem presa, sinto-a cair sobre minhas costas. A ponta está atada com um laço branco encardido e me chega até a cintura. Eu a ajeito. Experimento ver como fica em mim apoiando-a dos lados, sobre um ombro e sobre o outro. Passo quase toda a noite em frente ao espelho.

A história

Ao me ver, pela manhã, Alberto se inquieta. Me pede para tirar a trança e guardá-la outra vez onde a encontrei. Explico a ele, meio dormindo, que estar com ela também é uma maneira de guardá-la e que gosto de ter esse cabelo em minha cabeça.
O dia está frio e úmido, Alberto dá voltas pelo quarto. Eu demoro a sair da cama, hoje estou com sono demais para me levantar cedo.
Tire isso, por favor, insiste.
Se ele pudesse me ver como me vi à noite no espelho, não me pediria para fazer isso.
É minha trança. Quero ficar com ela um pouco mais.
Mónica nos serve café com torradas na cozinha. Enquanto tomo café, penso na lista de instrumentos musicais que encontrei em meu escritório e em como posso usá-la no livro. Com os nomes destes instrumentos poderia formar frases que, somadas a outras frases, ocupariam uma página, que eu poderia ler hoje para os pacientes do centro de recuperação. Deixo o café da manhã de lado e anoto num papel a palavra CHACO e os nomes de alguns instrumentos da banda do exército: TROMBONES, CLARINETES, TAMBORES, PRATOS. Dobro o papel e guardo-o no bolso da calça. Aviso Alberto que já estou pronta para sair.

Quando já estou dentro do círculo, Marta elogia a trança em minha cabeça, diz que é muito pitoresca e que fica linda em mim. Agradeço a ela e tiro o papel do bolso.
Você vai ler algo para nós, Ana? pergunta o médico coordenador.
Sim.
É uma parte de seu livro?
Sim, é uma parte de meu livro.
Bem, estamos te ouvindo, diz ele, e todos viram a cabeça em minha direção. Até mesmo Lucas passa a palma da mão na boca e me olha. Faz-se um silêncio tão grande que consigo escutar a respiração de todos. Olho as palavras no papel. Leio em voz alta "Chaco" e "trombones", mas Álvaro solta um peido que soa como um estrondo e todo mundo ri. *Soou como um trombone,* diz, sacudindo o corpo inteiro em sua cadeira.
O médico nos explica que os gases são parte de nosso organismo, mas todos sabemos disso. Aos poucos, os risos se extinguem e todos voltam a olhar para mim. Deixo o papel de lado e procuro em meus pensamentos as palavras certas para começar a história, mas agora sem ler. Digo a mim mesma, comece pelo exército. Conte a eles sobre seu tataravô e sobre como sua família sente orgulho dele. Conte a eles que era um homem bom com todo mundo. Fale sobre as batalhas e os homens mortos. Mas não diga "batalhas". Fale sobre os mortos, os índios mortos, mas não diga "índios". Diga apenas homens mortos. Crianças mortas também. Animais mortos? Também. Todos cobertos de sangue, e a menina viva, chorando. A índia. E diga que você não sabe muito mais, sabia e queria escrever sobre isso, mas não conseguia encontrar a forma. Tenho imagens como lembranças, vou dizer a eles, como se as tivesse vivido. E do que vivi lembro muito pouco, tudo misturado. Vou contar a eles como é o cheiro dos corpos suados sob os

uniformes e sobre a terra quando se molha. Como é o grito do javali, o silêncio da planície antes do ataque.
Eu estava escrevendo uma história. É algo que aconteceu há muito tempo.
Mal começo a falar e o esforço me deixa esgotada, meus pés doem. Tiro os sapatos.
O médico diz que qualquer tentativa de comunicação é muito valiosa, que não tentar é que é ruim. Gregorio retorce as mãos e me pergunta de onde tirei a trança.
É minha. Estava no meio das minhas coisas.
Volto a notar em seu rosto os traços índios que vi nos homens de meus cartões postais pintados. Olhamo-nos calados. Seus olhos são como túneis profundos e escuros. Imagino que de dentro deles poderiam sair corujas e outras aves noturnas, escondidas ali durante muito tempo.

O homem que retorce as mãos

Nesta manhã tenho muitas palavras preparadas, mas quando chega minha vez de falar no círculo só consigo dizer índios, batuta e Chaco. Os outros me olham com cansaço, com pena. Ninguém fala até que o médico coordenador diz: *Quem sabe muito sobre o Chaco é Gregorio, porque é de lá, não é, Gregorio?* Gregorio abaixa os olhos e responde que sim.

O médico continua. *É um pouco tímido, mas sua história é muito interessante, não? Veio do Chaco para Buenos Aires na década de sessenta...*

Em 67, interrompe Gregorio, sem levantar os olhos.

Em 67, sim. Chegaram sozinhos, ele e sua esposa, e aqui encontraram trabalho, tiveram seus filhos. Quando chegaram não conheciam ninguém, não é verdade, Gregorio? Os filhos se casaram, sua esposa faleceu já faz alguns anos. Gregorio é o mais antigo de nosso grupo. No começo, quase não falava, não é?

Álvaro diz que Gregorio sofre de depressão e que por isso fala pouco e bem baixinho.

O médico nos pergunta se podemos definir "depressão". Mas Marta adormeceu, Álvaro encolhe os ombros e Lucas olha para o teto sem tomar conhecimento de nada.

Depressão é perder o...

Perder o quê, Ana?

Não sei, não consigo falar.
Perder o entusiasmo? Perder o gosto pelas coisas?
Sim.
Bem, é tudo isso, sim. Mas aqui também aprendemos que é um transtorno, um problema de saúde que podemos tratar.

Enquanto o médico fala, Gregorio continua a olhar para baixo e a retorcer as mãos.

Para além dos tratamentos farmacológicos, é importante recuperar a confiança em nós mesmos. Nos manter ocupados. Por exemplo, Gregorio é bom em muitas coisas, muitíssimas. Em sua juventude, foi um trabalhador da construção, não sei quantas casas construiu em seu bairro e ainda dá um jeito de fazer consertos e reformas. Também é um expert em violino, a música o ajudou muitas vezes.

Gregorio levanta um pouco a cabeça, diz que não toca violino e sim um instrumento parecido, que os chaquenhos chamam de novike. Seu pai tocava e seu avô também. O médico pede a ele que conte a todos como é um novike e qual é sua origem.

Gregorio demora a responder. Diz, muito lentamente, que é um instrumento feito com uma caixa de latão e uma única corda. E que seu som é como aquele que a onça faz quando afia suas garras contra o tronco de uma árvore.

Você poderia contar de novo essa lenda, para que Ana também a escute?
A lenda do novike?
Sim, essa mesmo.

Bem, responde, sem deixar de olhar para o chão.

Havia um homem, faz muito tempo. Se chamava La'axaraxaik, que em Qom significa "o feio". Era tão feio que não podia arranjar mulher, e por isso vivia só. Vivia triste.

Gregorio se cala, olha para o chão, retorce as mãos. O médico o incentiva a continuar.

E o que aconteceu, Gregorio? Estamos todos te escutando.

Um dia... um dia um outro homem, que se dizia dono da mata, deu de presente ao feio um instrumento. Um instrumento nunca visto. Além disso, lhe apresentou sua filha, e os dois se apaixonaram. E se casaram.

O médico preenche cada silêncio da fala de Gregorio. Este era um feio sortudo! Deve ter deixado de viver triste.

E a música que tocava no novike deixava todo mundo contente... Tocava tão bonito que as outras mulheres, as que antes não o queriam, começaram a ir atrás dele.

Gregorio fica pensativo outra vez.

Aquelas que o rejeitavam agora andavam atrás dele! E o que aconteceu depois?

Uma noite, sua esposa o encontrou com as outras mulheres e então arrancou o novike de suas mãos e o jogou no fogo... O instrumento queimou, pegou fogo. E formou a estrela da manhã.

A estrela da manhã! Agora sabemos como nasceu a estrela da manhã, segundo esta lenda. Uma linda história, Gregorio.

La'axaraxaik recuperou o novike queimado.

Ah, continue! Perdão. Estamos te ouvindo.

Ele o resgatou do fogo, todo chamuscado, mas nunca mais conseguiu tirar dele nenhum som... Quando morreu, o instrumento ficou abandonado. Muito tempo depois, havia um jovem, um rapaz que andava muito triste porque não podia ver sua amada, que estava longe. Encontrou o novike e começou a tocá-lo. Era uma música tão triste que chegou até onde ela estava. Ela ficou comovida. Foi atrás da música e conseguiu chegar aonde o jovem estava. A história do novike é essa.

Que história linda, Gregorio! E vocês, o que acham dessa história? Marta, o que você acha?

Marta se manteve acordada ouvindo a história e agora continua a olhar atentamente para Gregorio.
Quantos novikes você tem em sua casa?
Um só.
A que horas você o toca?
Ao entardecer.
Lucas choraminga, Álvaro come as unhas. Eu pergunto a Gregorio se ele toca o novike para trazer sua esposa de volta. Mas tenho a impressão de que os sons que saem de minha boca parecem outra coisa, e em seguida me arrependo de ter falado.
Toco todas as tardes, mas ela não volta, ele me responde.
Você entende as minhas palavras?
Sim, entendo bem.
O médico coordenador nos olha, perplexo. *O que estão dizendo?*
Que minha mulher não volta, diz Gregorio. *Nunca mais vai voltar.*
Não entendo. Estão falando outra língua?, pergunta o médico.
Em língua Qom, responde Gregorio.
Qomi napaxatoqo, respondo.
O médico começa a escrever um texto longo em sua caderneta. Concentrado no que está anotando, parece ter se esquecido dos outros. Álvaro pergunta se já podemos ir embora.

Quando chego em casa, enfim fico descalça. Gostaria de não ter mais que usar sapatos ou tênis. Mónica me pede para pelo menos ficar de meias, para não pegar um resfriado. Ponho em sua mão um papel e uma caneta, para ditar-lhe umas ideias para o livro. Quando começo o ditado, ela não me entende.
É melhor que dite ao senhor Alberto quando ele voltar, diz. Sigo-a pela casa inteira com o papel na mão. Ela passa o as-

pirador na sala, no quarto grande, no quarto do menino, no estúdio de Alberto. Para na porta de meu escritório e o desliga. *Senhora, eu acho estranho vê-la com essa trança na cabeça. Por que não vai descansar?* Vou até a sacada para olhar o céu, que a esta hora se enche de cores rosadas que vão ficando cinzentas. Me concentro nas nuvens sobre os edifícios e fecho os olhos para vê-las em minha imaginação. Abro os olhos e volto a olhar para elas, já mudaram de forma. Lá embaixo, na calçada, passa um menino de bicicleta. Vejo também um homem, é Alberto. Está falando com uma mulher, a vizinha do terceiro. É impossível ouvir o que dizem. Imagino que estão falando de mim, ela lhe conta que achou que eu estava muito mal aquela tarde na entrada do edifício e Alberto lhe confessa que já não sabe o que fazer comigo. Despedem-se com um beijo no rosto, ela atravessa a rua e ele entra no edifício. Volto a olhar para o céu, as nuvens vão ficando escuras, e pouco depois Mónica aparece para avisar que Alberto já chegou, que ela já vai embora e que deixou um chá servido para nós na mesa da sala.

Tomamos o chá tranquilos porque o menino está brincando em seu quarto. Alberto está de novo com aquela cara de preocupação. Falou há pouco com meu médico, embora meus sintomas estejam se tornando mais complexos, não há nada de novo nas tomografias, nada com que se preocupar. O médico lhe contou que hoje, num certo momento da sessão, falei em outra língua. O menino aparece com um urso de pelúcia com o pescoço descosturado, a cabeça fica dependurada em sua mão. Alberto pega o menino no colo e os dois se concentram em consertar o brinquedo. Lembro que no armário do banheiro, perto da caixa de presilhas, há uma lata com linhas e agulhas que poderiam servir para costurá-lo. E vou buscá-la.

A *febre*

Na noite de meu aniversário, quando a bola espelhada caiu em cima de mim, vi pedaços de vidro que refletiam cores azuis, verdes e lilás esvoaçando ao redor como borboletas. Esta noite, ao fechar os olhos, posso ver manchas luminosas que aparecem e se desintegram em minha cabeça. Escuto a respiração de Alberto e sei que ele também não está dormindo. Agora liga seu celular, que lhe ilumina a cara. Antes de se deitar, me pediu outra vez que tirasse a trança, e, como não fiz isso, tenho medo de pegar no sono e de que ele a tire de mim e a esconda ou jogue fora.
 Ana, você está acordada?
 Sim.
 Andei fazendo umas pesquisas. Fala olhando para a tela de seu celular. *Existe uma coisa que se chama xenoglossia. Aqui a definem como um fenômeno psíquico, relacionado com questões paranormais, que faz com que uma pessoa, de repente, fale numa língua que não é a sua. Quase sempre se encontra um motivo, algo relacionado com a pessoa, que desmente as explicações místicas.*
 Larga o telefone na mesa de cabeceira e, embora esteja tudo escuro, acho que está olhando para mim.
 Não tenho certeza... por exemplo, você estudava toba por conta própria, não? Antes do acidente.

Em algum dos cadernos do escritório, há palavras que anotei que não se parecem ao espanhol. Procuro o caderno e o trago para ele. Alberto se senta na cama, acende o abajur e o lê.

O que está escrito aí?

Nada, são rabiscos que você deve ter feito distraidamente.

Vejo-o passar para outras páginas, cada vez mais absorto e concentrado. Sinto as pálpebras pesadas, apoio as costas contra a cabeceira da cama. Meus olhos se fecham intermitentemente, fragmentos de sonhos que interrompo para voltar a olhar para Alberto. Continua a ler na mesma posição, sem me dar a menor atenção. Não consigo manter os olhos abertos por mais que uns poucos segundos. De novo enxergo manchas luminosas em minha cabeça flutuando como bichos de luz num mar escuro. Adormeço com uma sensação de insolação no corpo todo.

No café da manhã, Alberto explica que, pelo que pôde ver, eu estudava toba de maneira autodidata. Não sabe se algum dia cheguei a ter aulas, é estranho que não tenha comentado nada com ele. Diz que vai entrar em contato com algum especialista em idiomas da faculdade. Mónica pergunta se vou tomar banho antes de sair para o centro de recuperação. *Não, estou bem assim.* Minhas unhas estão sujas de tanto revirar o escritório, mas, para tomar banho, precisaria tirar a trança, ou entrar no chuveiro com ela, e não quero estragá-la.

Mas, dona Ana, a senhora está toda suada. É isso mesmo, a camiseta que visto está molhada. Alberto põe a mão em minha testa e diz que estou com febre. Traz um termômetro e me ajuda a colocá-lo debaixo do braço, bem apertado. Quase trinta e nove graus. Enquanto se prepara para ir trabalhar, pede a Mónica que cuide de mim e me pede para ficar na cama. Liga para o centro de recuperação para avisar que hoje não irei. Mónica me acompanha até o quarto e, quando me recosto, aplica um pano molhado em minha testa.

Não vá embora, digo a ela.

Ela me olha com pena, diz que vai estar bem pertinho para o que eu precisar. Sinto a febre em minha cabeça atrás dos olhos e não consigo ver as coisas com clareza. Adormeço e sonho com a planície incendiada. Estou imóvel no meio do campo. Ao meu redor tudo é um inferno, barro, cadáveres e tendas destruídas. Embora queira correr, não consigo me mexer. O sol está se pondo e umas sombras negras vão e vêm, aparecem e desaparecem. Ouve-se um zumbido de insetos e o grito distante de alguns animais. Há pequenas fogueiras ardendo em toda parte. Algumas crianças se juntam ao redor de um cavalo degolado para beber o seu sangue. Consigo me mexer, começo a correr, mas em seguida tropeço no corpo de um homem atirado no chão. Escuto a voz de meu pai me chamando de algum lugar distante, mas, à medida que me aproximo, reconheço que a voz que me chama é a de meu filho. Minha roupa está em farrapos, pedaços de um vestido branco de primeira comunhão coberto de barro. Alguém me pega pelo braço, me puxa, me faz subir em seu cavalo, que primeiro oscila, depois trota e começa a galopar. Nos afastamos dali atravessando o fogo, os alagadiços, os corpos espalhados. Cruzamos a cidade debaixo de chuva. O cavalo corre entre os carros. Andamos pelo meio de uma avenida e deixamos para trás minha escola primária, as casas em que vivi, o bar da faculdade, o cemitério. A galeria da rua Brasil, a biblioteca, os edifícios que começam a rarear entre terrenos baldios, até desaparecer por completo num deserto de pasto seco, que parece não ficar molhado com a chuva. Os braços do cavaleiro me envolvem sob sua capa preta.

Mónica me acorda.

Trouxe seu almoço, dona Ana, sente-se com cuidado.

Bota diante de mim uma bandeja com um prato de sopa, pão e um copo d'água.

Isto vai lhe fazer bem, deve estar incubando uma gripe.

Bebo toda a água, mas não consigo engolir a sopa. Tenho o estômago revolto. Pego Mónica pelo braço quando vai retirar a bandeja.
A senhora precisa de mais alguma coisa?
Tive outro sonho, Mónica.
Não estou entendendo nada. Vou lhe trazer uma aspirina por causa da febre.
Mais tarde volta a me acordar com um chá. Ouço a TV ligada a todo volume na cozinha. O menino aparece na porta e me olha, faço um sinal para que se aproxime da cama. Ele vem lentamente e fica a meu lado. Eu o abraço e ele me olha assustado, mas também abraça meus ombros. Seu cabelo tem cheiro de caramelo, eu o aspiro como se fosse um remédio.

Durmo o resto do dia. À noite, Alberto diz que preciso tomar um banho. Não tenho opção. Enche a banheira com água morna e me ajuda a tirar a roupa. A certa altura põe a mão em minha cabeça, no ponto em que a trança começa. Agarro seu braço com força. *Não vou tirá-la.* Fico um tempo na água tentando não molhar o cabelo, pensando no vendedor da rua Brasil. Imagino que mergulhamos juntos e que ele me abraça.
Quando volto para o quarto, Alberto me espera na cama, acordado.
Ponha alguma roupa, vai te fazer mal ficar nua.
Abro a gaveta, não me decido por nenhuma das camisetas, faz muito calor neste quarto. Alberto fica me olhando com cara de bobo. Avanço até a cama e monto em cima dele. Ele acaricia minha cabeça. Pego suas mãos e as ponho em minha bunda. Que me agarre com força. Que me coma.
Ana, meu amor, você está ardendo em febre de novo.

As fotos

A febre vai e volta durante alguns dias. Um clínico geral me diagnostica gripe, receita um antibiótico e recomenda repouso até que me sinta melhor. Minha mãe vem cuidar de mim. Trouxe de sua casa um vidro de xarope e umas fotos de minha infância. Diz que, por juntar tantos documentos de outros, por me aferrar a essas histórias do passado, esqueci de minha própria vida. Deita junto comigo e vai me mostrando as fotos que trouxe. Sinto a vista embaçada e quase não consigo me reconhecer naquelas imagens. Ela se detém por algum tempo em cada uma delas.

Aqui você está com nove anos, estamos na chácara dos tios. Veja como seu cabelo era bonito quando você era pequena. Loira, você era bem loira, seu cabelo foi escurecendo depois que você cresceu. Nessa aqui... bem pequeninha! Quantos anos será que você tinha? Quatro? Cinco? Foi depois de operar as amígdalas. Aqui num evento da escola, quando você escoltou a bandeira! O porta-bandeira era aquele menino baixinho, muito estudioso, você era uma cabeça mais alta do que ele, não me lembro do nome dele, você se lembra?

Minha mãe me passa cada foto que comenta, eu as seguro com dificuldade, a cabeça e as mãos me doem.

Ah, veja só esta! Na porta da igreja, no dia da sua primeira comunhão. Aquele vestidinho deve estar guardado em algum lugar. Que pena que a foto saiu tremida. Isso é porque você nunca ficava quieta. Estava tão linda e não há uma única foto decente deste dia.

Agora minha aparência nas fotos se transforma numa grande mancha branca que muda de forma conforme a imagem. Minha mãe não para.

Você sempre foi um pouco excêntrica, diz. Nesta aqui você está com doze anos, com essa idade você se fechava no quarto para escrever cartas para pessoas imaginárias. Você as guardava numa gaveta do roupeiro. Uma vez eu as li e quase morri de susto. Você escrevia cartas para amantes estrangeiros, amigas moribundas e vizinhos judeus alojados em nosso sótão. Nunca te faltou imaginação... Mas isso que está acontecendo com você agora, Ana, me deixa preocupada.

Minha mãe faz uma pequena torre com as fotos, deixa-as na mesinha de cabeceira e suspira.

Você não deve se lembrar da minha tia Mercedes, não é? Ela delirava, dizia que via homenzinhos em seu jardim e regava as plantas com sua própria urina porque achava que fazia bem a elas. Tinha uma irmã de seu pai, que você não chegou a conhecer, que era esquizofrênica, achava que uma japonesa a perseguia quando saía para fazer compras. E também tínhamos, em minha família, uma prima distante que sofria com transtornos de ansiedade muito fortes, nunca conseguiu estruturar sua vida, pobrezinha. Às vezes tenho medo de que tudo isto que está acontecendo com você seja genético. A saúde mental é um privilégio muito delicado de que é preciso cuidar durante toda a vida. O que é isso que está acontecendo com você, Ana? O que é, realmente? Não consigo te olhar com essa trança na cabeça, andando em tua própria casa como se fosse um fantasma.

Agora fica calada, olhando o acolchoado de minha cama. Tudo que consigo dizer é *não sei, não sei.*
Você tem um filho, uma casa, uma profissão... me dói ver você assim. Não sei como te ajudar. Tire essa trança, pelo amor de Deus. Como posso te ajudar? Você quer que eu leve todas essas coisas que estão no seu escritório? Hein? Assim você se libera um pouco. Quando você me contou que ia escrever sobre a história da índia do Chaco, eu te avisei que não era uma coisa boa enfiar coisas da família num romance, menos ainda quando se trata de algo que nem você entende direito. Agora todo este transtorno está destroçando minha alma, Ana.
Pego as fotos na mesa de cabeceira e olho para elas mais uma vez, uma por uma. Algumas me parecem avermelhadas e ondulam como num incêndio. Outras parecem manchadas com sangue seco. Tento limpar as manchas, primeiro esfregando-as com as pontas dos dedos e depois com as unhas. Minha mãe me arranca as fotos com um puxão.
Mas o que você está fazendo, filha? Quer rasgar as fotos?
Eu a abraço. Ela acaricia minhas costas, passa a mão muito suavemente pela trança. *Não se assuste, não vou tirá-la, deixe eu fazer isso, como quando você era pequena,* diz.
E eu deixo.
Você já vai ficar bem, filhinha, tudo isso vai passar.

A *professora de toba*

Às vezes só consigo falar em língua toba. Alberto e Mónica me olham assustados, procuram desculpas para irem fazer outra coisa. Muitas vezes prefiro ficar em silêncio para não assustá-los. Aos poucos vão se cansando e deixam de me dar ordens: que tome banho, que coma, que tire a trança. Escrevo palavras para levar ao centro de recuperação quando puder voltar. O vírus da gripe me manteve confinada esses dias todos, sem poder fazer outra coisa a não ser dormir longas sestas, perambular pela casa, olhar para Mónica enquanto cozinha e assistir os programas que ela vê na televisão.

Nesta tarde, Alberto chega com uma senhora que não conheço. Estou escrevendo palavras na mesa da sala e, logo que a vejo, interrompo o que estou fazendo, sua presença me inquieta. Não sei quem é nem o que faz aqui, mas sua aparência elegante me inibe. Estou de camisola, com a trança desarrumada, e não estou preparada para nenhuma visita. Alberto me apresenta a ela, é professora de línguas indígenas na Universidade de Buenos Aires. Ajeito a trança, prendendo os grampos na cabeça. Cumprimentamo-nos estendendo a mão. Seu cabelo é liso e cuidadosamente aparado por cima dos ombros. Veste uma capa de chuva bege muito comprida que entrega a Mónica depois de me cumprimentar. Sua roupa toda é impecável, em tons de cinza, branco e marrom claro. Alberto e ela se sentam à mesa comigo. Estou muito quieta e não sei o que dizer. *Ela veio nos ajudar, Ana,* diz Alberto. Continuo em silêncio. Ela sorri para mim e diz que meu marido andou lhe contando sobre o problema, sobre como tudo está confuso e como os médicos estão ajudando pouco. Diz que é realmente muito curioso o que está acontecendo e que está disposta a falar comigo e traduzir o que for necessário. Não sei o que dizer. Finalmente digo, não sei em que língua, que as palavras não me saem. Ela e Alberto assentem com a cabeça e ficam atentos, esperando que eu continue. Então falo da febre, de quando chega em minha cabeça e agarra meus olhos e não consigo ver as coisas. Falo dos sonhos, da planície incendiada, da banda de músicos militares. Do gosto amargo que sinto na comida. Quando termino de falar, faz-se novamente um silêncio que nenhum dos três interrompe. Por fim, a mulher suspira.

Não entendi quase nada, diz a Alberto, *fala com uma entonação muito fechada.*

Mas é toba? pergunta ele.

Sim, sim, mas me chamam a atenção o acento e a entonação, não soa como um idioma aprendido, soa como o de um falante originário, como se fosse da mata profunda. Nós, os portenhos, temos muita dificuldade de articular até mesmo os fonemas simples. Há muitas consoantes juntas, para nós quase impossíveis de pronunciar. A maneira com que sua esposa o faz, de forma tão rápida e fechada, para nós, que não somos nativos, é difícil de entender. Mesmo que tenhamos estudado a língua.

Estou exausta, minha cabeça dói. Me despeço deles para me enfiar na cama. Do quarto, eu os ouço conversar, planejam outra visita, falam de outros especialistas em língua toba e das comunidades que existem em Buenos Aires. A voz dela tem um tom suave, dubitativo, procura falar algo útil. Alberto, ao contrário, parece ter certeza de que foi um erro fazê-la vir até aqui. Para tranquilizá-lo, ela diz que certamente tudo isso é algo passageiro, fruto do golpe que levei ou de um choque emocional. Ele responde que já não sabe o que pensar, ela lamenta não ter sido de grande ajuda. Ao sair, repete que está muito interessada em colaborar conosco, e promete manter contato.

A *despedida*

Dos papéis de minhas caixas, consigo ler apenas alguns nomes e frases em meio ao resto das palavras que me escapam:
"... Domingo F. Sarmiento..."
"... Hoje partilha de índios..."
"Querida família, esperando que se encontrem bem ao receberem estas linhas..." "... machos, chinas e *osacos*..."[1]
"Conste pela presente que o piano de marca Rönisch presente em meu domicílio..."
"... batalha de Napalpí..."
"Hipólito Yrigoyen..."
"... bonita como a flor da vitória-régia..."
Às vezes faço tanto esforço para ler que transpiro como se estivesse fazendo ginástica.

Já não tenho febre e digo a Alberto que estou pronta para retomar minha terapia no centro de recuperação. Estamos na sala. Ele não me responde, está com um disco de vinil entre as mãos e o manipula com a delicadeza e a concentração de um ritual. Antes de retirá-lo da capa, colocou umas luvas para não

---

[1] Denominação que constava dos registros contábeis dos engenhos de açúcar da região do Chaco, destinada a rotular os trabalhadores de origem indígena: homens (*machos*), mulheres, pejorativamente chamadas de *chinas*, e crianças (*osacos*). (N. T.)

o engordurar e agora pega-o pelas bordas, coloca-o na bandeja do toca-discos e baixa o braço com a agulha bem devagar. O disco roda um pouco e logo vem o som, Alberto aos poucos vai girando o botão de volume e a música já soa com mais força. É a Sinfonia do adeus, *de Haydn. Antes você gostava, gostava muito*, diz, e fica calado por um tempo, escutando com os olhos fechados. Nem parece se dar conta de que sigo de pé a seu lado. Quando o disco para de soar, ele abre os olhos, recolhe o braço e desliga o toca-discos. Diz não ter certeza de que continuar com o tratamento do centro de recuperação vá servir para alguma coisa. Por estes dias marcou consultas com vários neurologistas, psiquiatras e outros especialistas, para obter mais opiniões sobre o que fazer. Eu também não acredito que o tratamento esteja me ajudando, mas quero voltar. Todos estes dias fiquei ensaiando maneiras de contar melhor a história de meu livro para meus companheiros de roda. *Quero ir, Alberto.*

Chegamos bem cedo ao centro de recuperação. Alberto fica conversando com o médico coordenador, eu vou até o banheiro para molhar o rosto, prender a trança e ensaiar palavras em frente ao espelho. Quando saio de lá, Alberto já se foi e todos os meus companheiros estão sentados em seus lugares. Me pergunto se terão falado de mim durante minha ausência, que exercícios terão feito, se terão progredido em sua recuperação. Olho para eles sorrindo. Me pareciam tão ridículos e patéticos quando os conheci e agora sinto que são meus amigos.

Quem é ela?, Marta pergunta ao médico.

Ela é Ana, Marta. Esteve ausente por poucos dias, por causa de uma gripe. Os outros se lembram dela, não?

A do tataravô, diz Álvaro.

O médico sorri e me pergunta como anda a escrita de meu livro. *Bem*, respondo, e não consigo dizer mais nada. Vejo que aparecem umas raízes brancas no cabelo de Marta, que Álvaro está mais tranquilo, que Lucas está vestindo uma roupa de ginástica nova. Gregorio continua igual, olha para o chão e retorce as mãos. O médico coordenador nos passa a tarefa de hoje. Temos que descrever com apenas três palavras algum dos nossos companheiros do círculo. Podem ser adjetivos ou substantivos, não importa, pode ser algo concreto ou abstrato, a primeira coisa que nos venha à cabeça. A Marta tocou descrever Álvaro. Diz *nervoso, olhos claros*. *Bem*, diz o médico, *está bem, está muito bem*. Pede a Álvaro que agora descreva Marta. Álvaro diz *sonhadora, peituda, florida*. Chegou minha vez, tenho que falar sobre Lucas. *Não sei*, digo. O médico me pede para fazer um esforço, não preciso pensar demais, são só três palavras. Digo *um mancebo da terra*. O médico sorri, diz que não são exatamente três palavras, mas que está muito bem.

Lucas está olhando para o teto e leva uma mão à boca, depois deixa cair o queixo, me olha de lado.

Lucas, você se anima a descrever Ana com três palavras?

Ferida na sua cabeça.

Embora tampouco sejam exatamente três palavras, ficamos todos surpresos com a fluidez com que as pronunciou.

Álvaro fica encarregado de descrever Gregorio. Pensa um pouco. *Reservado, solitário, originário*. Quando chega a vez de Gregorio, ele se desculpa. Não tem vontade de participar.

Hoje vocês não vão falar em língua toba?, pergunta o médico.

Gregorio nega com a cabeça e eu o imito.

As tarefas continuam: escrever um desejo, dizer coisas com mímica, desenhar uma paisagem. Não consigo me concentrar.

Quando a sessão termina, chego perto de Gregorio.

Já não virei mais, digo a ele, em voz baixa.

Para ele está bem. *A cabeça deve repousar de tantas tarefas*, diz. *E a cabeça descansa quando está em silêncio e não a perturbam.*

Agradeço a ele por ter falado comigo. Pela primeira vez ele me olha nos olhos. Fala que, se não virei mais, que lhe deixe a trança.

Não posso, é minha.

Não, não é.

Fica me olhando muito sério, de seus olhos escuros poderiam sair pássaros negros para bicar meu rosto.

Sem me despedir, me levanto e saio rápido para a rua. O táxi me espera na porta.

Terceira Parte

Umas orações

Mónica não encontra a tampa do açucareiro, diz *açucareiro* e eu repito *açucareiro*. Acho que nunca antes havia pronunciado açucareiro. Ela está preparando um leite com chocolate para o menino. Peço a ela que largue tudo e me acompanhe ao escritório porque preciso ditar-lhe umas frases para o livro. O menino nos olha com tristeza. Seu rosto é lindo quando não está gritando. Olho para ele e fico surpresa por pensar que seu corpo provém do meu.
O que a senhora precisa é de um banho, dona Ana, diz Mónica. É verdade, já faz vários dias que não tomo banho e estou cheirando bastante mal. Mas não quero estragar a trança. A água e o fogo podem destruir as coisas, qualquer um sabe disso.
Por fim nos sentamos em frente ao computador de meu escritório. Em minhas costas tenho um cobertor que trouxe do quarto. Ela olha séria para o teclado, mexendo num pano de prato que tem sobre as pernas. Diz que deveria voltar para a cozinha.
Um momento, peço.
A primeira frase sempre é a mais difícil. Os pensamentos me vêm todos juntos, superpostos. Me vêm imagens da toba como se fossem lembranças minhas: a noite na intempérie, um céu

com estrelas imensas, como ao alcance da mão. O cheiro do *guayacán* úmido. A bruma trazida pelo amanhecer, o som agudo de um clarinete. O solo que treme e os gritos. As degolas. Os despojos humanos, o silêncio da planície. Mónica boceja e tapa a boca com o pano de prato.
Escrevo o quê?, diz.
Fecho os olhos para me concentrar melhor. O livro poderia começar com a personagem da índia que fala, que conta sua história. É preciso que sejam palavras que, unidas a outras palavras, formem uma frase, como, por exemplo: "Recordei a mais dolorosa de minhas penas".
Escrevo o quê?, repete Mónica.
Minha cabeça pesa tanto que preciso apoiá-la na mesa do escritório. Mónica fala comigo, não entendo o que me diz. Depois põe a mão em minha testa e eu olho para ela. Não toque na trança, penso, apenas não toque na trança. Não consigo manter os olhos abertos e, embora a posição seja muito incômoda, vou caindo no sono.
Recordei a mais dolorosa de minhas penas. Ponto. Uma dor que não diminui. Ponto. Dividida em partes diminutas. Vírgula. Cobrindo tudo, como o pó. Ponto. Em meu sonho, a menina toba já é velha e está me ditando um texto. Está com a batuta na mão e a move ao dizer cada palavra, dirigindo meus pensamentos para transformá-los em sons. Estamos no palco do salão de atos de minha escola primária. Ela veste um jaleco de professora, eu estou com o vestido de minha primeira comunhão, que é pequeno para mim e me sufoca. *Por que tive que voltar à escola?*, pergunto, interrompendo o ditado. Ela bate com a batuta nas garatujas incompreensíveis escritas em meu caderno. Escuto algumas risadas, o salão está cheio, o público nos olha. Não consigo distinguir seus rostos, os focos de luz

voltados para o palco me cegam. Os risos se transformam em tosses esparsas e, depois, em murmúrios.

Alberto, Mónica e minha mãe conversam na cozinha. Embora estejam cochichando, suas vozes me despertam. Não faço ideia de quanto tempo dormi. Me levanto, fecho a porta do escritório e caminho até eles, descalça. Estão tão concentrados que nem sequer percebem que me apoiei no marco da porta para observá-los.

Sim, vai ser o melhor... ela não vai gostar, mas estou de acordo, diz minha mãe. *Ela não entende*, diz meu marido.

Mónica me vê e, toda assustada, pergunta se quero um chá. Não, não quero chá, quero saber o que estão pensando em fazer comigo. Não falo isso em voz alta, mas em meus pensamentos. Minha mãe se engasga com a saliva, *oi, filha, vamos tomar um chá*. Sem dizer nada, Alberto se levanta da cadeira, passa perto de mim sem me cumprimentar e sai da cozinha. Chego perto de minha mãe, que, sem olhar para mim, suspira, *você tem que tomar um banho, filha, tem que ficar bem de novo, tem que ficar bem de novo*.

Hoje, mais cedo, a dona Ana quis me ditar umas partes de seu livro, mas estava muito cansada e acabou dormindo, diz Mónica, pondo as xícaras de chá na mesa da cozinha.

E o que você queria ditar a ela, filha?

Não sei. A última coisa de que me lembro é que estávamos no computador procurando um alisador de cabelos elétrico na internet. Respondo: *alisador de cabelos.*

Isso faz muito tempo, dona Ana. Hoje estávamos às voltas com o seu livro.

Você é uma santa, Mónica. É um luxo para minha filha e para Alberto ter você aqui. Deus abençoe a sua paciência.

Eles também sempre foram bons para mim. Mónica limpa toda a bancada com um pano absorvente. Depois tira a chaleira do fogo, passa a água para um bule e nos serve o chá.
Mas é para você se servir também!, diz minha mãe, *este chá está com um cheiro ótimo!*
Bem, obrigado. Traz outra xícara e se senta conosco.
Você gosta de ler, Mónica? Minha filha é uma escritora excelente. Seu primeiro livro foi traduzido para várias línguas.
Sim, dona Ana é uma escritora excelente.
Filha, da próxima vez que você precisar de ajuda para escrever, pode me chamar, assim você não interrompe o trabalho da Mónica, porque a coitada já quase não consegue fazer tudo o que é preciso fazer nesta casa. Você sabe que é só me chamar que eu venho em seguida. Mónica, este chá tão saboroso é de quê?
É um chá comum, senhora. Faz tempo que não compramos outro.
Ah, parece um chá com especiarias. Filha, você não vai tomar? Ele vai esfriar.
Seguro a xícara com as duas mãos, aproximo-a da boca e engulo devagar esse líquido quente que me parece amargo, como tudo que como ultimamente. Minha mãe pergunta a Mónica qual é a marca do chá. Sinto que de minha boca sai um vapor esbranquiçado que escurece tudo por um instante e se esfuma no ar.
Mamãe, você viu isso?
Isso o quê?
Nada. Não tenho certeza se o vi ou imaginei.
Ficamos as três caladas por algum tempo, terminando o chá. Com o silêncio ouvem-se os últimos goles de minha mãe antes de largar a xícara na mesa. Mónica pede licença para se levantar, tira de uma gaveta um pacote de sacolas pretas e sai da cozinha. O menino entra com um papel na mão que entrega

à minha mãe, ela sorri e o mostra para mim. É um desenho que acabou de fazer com uns lápis de cor que ela lhe trouxe de presente. A borda superior da folha está pintada de azul. Dá a impressão de que ele começou a pintar com cuidado e depois se cansou, há uns riscos no centro da folha, espaços em branco, figuras que parecem cabeças enormes com corpos diminutos espalhados pelos lados, grandes manchas verdes e vermelhas e círculos amarelos. *Está bonito*, diz minha mãe. Acho que ficaria bonito se ele tivesse usado mais o azul, se tivesse pintado a folha toda de azul. Estou pensando nisso quando ouço as vozes de Mónica e Alberto vindo do escritório e sinto um arrepio percorrer o meu corpo.

O que houve, filha?

Tropeço na mesa e bato o dedo mindinho de um dos pés, mas consigo sair da cozinha, atravesso a sala mancando e abro a porta de meu escritório. Mónica segura um grande saco plástico e Alberto, agachado, vai lhe passando papéis. Tenho vontade de insultá-los com palavras ofensivas, mas só consigo dizer *fora!* Um calor dilacerante sobe de meus pés descalços até a garganta que treme, *fora!, fora!*

Os três tagarelam na sala. Estou de pé entre as sacolas, as caixas e as pilhas de papéis e, pela porta entreaberta, escuto seus lamentos:

Esta não é a minha Ana, diz minha mãe.

Agora não vai querer sair deste quarto o dia inteiro, diz meu marido.

Este lugar é insano, diz Mónica.

Fecho totalmente a porta e não os escuto mais. Tive que berrar como um animal para tirá-los aqui de dentro. Agora, quieta, tento me acalmar, com o coração agitado, em meio a todos os meus papéis. Pela persiana aberta o sol já desapareceu e ficou tudo às escuras. Acendo a luz e me sento sobre uma pilha de jornais. Minha respiração vai ficando mais relaxada. Prendo bem a trança por cima da nuca e ajeito-a sobre o ombro até o meio das costas. Me tranquiliza acariciá-la com as duas mãos, e me ajuda a pensar no que vou fazer. Examinar e ler todas estas coisas, sozinha, pode me tomar um longo tempo, talvez anos, talvez a vida toda.

Abro as sacolas que Alberto e Mónica estavam enchendo. São papéis rasgados, recortes de jornais, fotocópias. Pego uma folha amarelada em forma de diploma. Juntando as letras, leio: "Cam-pa-nha do Chaco. Por-quan-to o Ho-norá-vel Con-gres-so san-cio-nou a se-guin-te lei, o Se-na-do e a Câm-ara de De-pu-tados da Na-ção Arg-enti-na, reu-ni-dos no Con--gresso..."

À medida que me concentro no documento, vou deixando de pensar neles, no que estarão fazendo do outro lado da porta. Pensar em por que não batem à porta, por que não tentam me tirar daqui.

Abri um espaço e me deitei numa velha poltrona que estava coberta de livros e cadernos. Me tapo com o cobertor que tinha trazido de minha cama um pouco antes. Toda encolhida, durmo umas quantas horas. Mas uma parte de mim se mantém alerta, temendo que alguém entre para jogar fora minhas coisas enquanto não estou olhando. Ou que Alberto venha me buscar para ir ao centro de recuperação. Houve um tempo em que meu pai me acordava de manhã para ir ao colégio. Se me concentro, ainda consigo ouvir sua voz cálida me chamando à porta do quarto, preocupado com que não me atrasasse. Posso sentir o mesmo frio cortante que fazia fora daquela cama. Quantas foram essas manhãs? Quantos anos se passaram desde a última manhã em que meu pai me acordou para ir ao colégio? Meço o tempo que passou desde então e no meio deste

cálculo tudo se apaga. A lembrança se perde. Nada se retém, a cabeça em branco, nenhuma imagem. O colégio, meu pai, a casa em que morávamos, tudo poderia ser de mil maneiras diferentes. Nenhuma me pertence.
Olho minhas mãos sobre o cobertor. Reconheço-as, ainda são mãos um pouco infantis, as unhas curtas como sempre, sem fazer, mas sobre o branco pálido da pele aparecem umas manchas que eu nunca tinha visto. São quase imperceptíveis, sardas e pintas diluídas sob as juntas e perto dos pulsos. Se me concentro, consigo ver as manchas se espalharem e ficarem mais escuras. Talvez o sol de todos estes anos fez com que aparecessem, os dias na praia, as tardes na sacada, os passeios na praça com o menino, quando apareceram? Cubro o corpo todo com o cobertor. Ouço passos do outro lado da porta. Se Alberto entrar agora, vou tentar lhe dizer que estou envelhecendo. Estou envelhecendo, Alberto, vou dizer a ele. Olhe estas manchas em minhas mãos, em meu rosto, no meu corpo todo. Quando apareceram? Olhe minha pele mudando de cor. Mas Alberto não entra, nem ninguém me chama. Ouço-os se movimentando pela sala e pela cozinha durante toda a manhã até ser vencida pelo sono e os barulhos sumirem. Antes de pegar no sono escuto apenas meus pensamentos na escuridão. Minha própria voz a dizer *aquela que você era está indo embora*.
Da janela de meu escritório ouvem-se carros, furadeiras, sirenes. Também o canto de alguns pássaros quando amanhece, às vezes como uma insistência alegre e outras vezes como o lamento de um doente. Alguém deixou o café da manhã servido numa bandeja, no chão, do outro lado da porta. Desvio da bandeja quando vou ao banheiro o mais rápido que posso, e, quando volto, coloco-a para dentro. Tomo o café já frio, como as torradas e deixo a bandeja vazia no corredor. Não vejo ninguém, não escuto ninguém.

Penso o dia inteiro em como começar o livro. Quando a luz da janela já não é suficiente, acendo a luz e prossigo até bem tarde. Antes teria pedido ajuda a Mónica, agora sei que tenho de fazer todo o trabalho sozinha. Aproveitar o dia que passa num instante, não sobra tempo para nada.

O início é o mais importante numa história. O final também, mas para isso ainda preciso trabalhar muito. Quando os pensamentos se acumulam e perdem clareza, abro a janela para tomar ar. Já não chove tão seguido e está deixando de fazer frio. Em algumas manhãs, aqui de cima, vejo o sol sair e mais tarde vejo o menino e Alberto andarem pela calçada. Estão sempre com pressa, não se detêm, salvo quando cruzam com algum vizinho. Como hoje, em que os vejo falando com a mulher do terceiro andar e seu filhinho. Conversam e riem sem saber que daqui os estou vendo. Parecem uma família.

Aproveito que estão lá fora para aparecer no corredor. A casa está em silêncio. Saio e dou umas voltas pela sala. Faz frio, mas é agradável pisar descalça o chão de tacos, respirar o ar limpo da casa. Entro na cozinha, dou uma olhada na geladeira e como com as mãos os restos frios de algo que pode ser uma carne pastosa ou uma mistura de vegetais avinagrados. Volto para a sala. Paro para observar os móveis, cada objeto. Cheiro-os, passo a ponta dos dedos sobre a lombada dos livros na biblioteca, afundo as mãos nas almofadas do sofá. Com o dedo faço girar um disco que tinha ficado no toca-discos apagado e cantarolo baixinho uma música imaginária. Repito a melodia num volume um pouco mais alto a cada volta que dou no disco. Uma foto em um canto da biblioteca me chama a atenção. Não me lembro de tê-la visto antes. É a imagem de um lugar cheio de gente que não reconheço, uma festa. Alguns olham para a câmera com uma taça de vinho na mão, outros conversam distraídos, passam de um gesto a outro sem se dar conta de que estão sendo fotografados. Quando ouço o barulho das chaves de Mónica, largo a foto e volto rapidamente para meu escritório antes que ela entre e possa me ver.

Meu coração bate acelerado. Dou uns passos entre as caixas e me assomo outra vez à janela. Meu marido e o menino já não estão na calçada, tampouco a vizinha. Há outras pessoas que passam caminhando. Duas garotas de bicicleta, alguns carros. Uma mulher muito velha passeia com um cachorro que forceja com a coleira até chegar a uma árvore de folhas secas e começar a mijar. O sol ilumina o jorro de urina que desenha um arco brilhante entre o cão e o tronco da árvore. A mulher levanta a cabeça em direção à minha janela. Daqui consigo ver seus olhos, me olha como se quisesse dizer algo. Fecho as cortinas.

Este livro foi composto em Fairfield LT STD para a Editora Moinhos no Polén Natural enquanto *Ride on*, de AC/DC tocava em meio ao ar seco de maio no Ceará.

*

A diva americana Tina Turner partia aos 83 anos.

*

O Supremo Tribunal Federal formava maioria para condenar mais um ex-presidente do Brasil por crimes de corrupção passiva e lavagem de dinheiro. Era maio de 2023.